나는 바보다

나는 바보다   셔우드 앤더슨 소설   박희원 옮김

/////////내가 무지와 일행에게 말한 뭘터 /////
/////메이더스란 인간은 ....   세상에 없었다. ///
아예 있었던 적이 없는 ////   사람이지만, ///
///////////////////   설사 있다대도 ///
//////////////////// 다 걸고 말하는데 내가 다음 날 ////   ///////////
/.....................오하이오 매리에타로 가서 쏴버릴 작정이었다.   ....////
/////////내가   얻은 기회란 불타는 건초 헛간 ///   ///////
//////////......   같은 것이었다. 참 좋은 기회였지. ////   ////////
....   내가 지체 높고 멋들어진 사람 ///   ///   /////////
////////////   행세를 하려 했다니. 그것도 신이..   여태   만드신 ///////
////////////   그 무엇보다도 그럴싸한 자태의..   여자 앞에서.
...................////   무슨 개똥 같은 짓거리였을까.
........./////////////   참 좋은 기회였는데!//////   //
.... /////////// ......
——*****¿¡!!!/   \\\\\\\\\\   \\\
...............///////////// ///
............'''''''''''''')))))))))))+++++++++++
——+++++++,................///////////
—**************++++
.,,,,\\\\\\\\\\\\\
.... //////

Sherwood Anderson   AGORA

차례

숲속의 죽음 ······················· 7

달걀 ···························· 35

나는 바보다 ······················ 59

슬픈 나팔수들 ····················· 87

어느 현대인의 승리: 변호사 불러줘요 ······ 145

그런 교양 ························ 159

그 여자 저기 있네, 목욕 중이야 ········· 175

씨앗 ···························· 203

어느 낯선 동네에서 ················· 221

형제 ···························· 243

전쟁 ···························· 263

우유병 ·························· 273

해설 평범한 삶 속에 숨겨진 특별한 이야기들 ······· 292

숲속의 죽음

1

그녀는 늙은 여자였고 내가 살던 마을과 멀지 않은 농가에 살았다. 시골과 소읍 사람이라면 흔히 보게 되는 노파였지만 그런 노파들에 대해 뭘 아는 사람은 없다. 그런 노파는 마을에 올 때면 늙고 지친 말을 끌고 오거나 바구니를 들고 걸어온다. 암탉을 몇 마리 길러 얻은 달걀을 바구니에 담아 식료품점에 갈 때도 있다. 그 식료품점에서 달걀을 소금에 절인 돼지고기나 콩 약간과 바꾼다. 설탕 500그램에서 1킬로그램이나 밀가루 약간을 받기도 한다.

그다음에는 푸줏간에 가서 개에게 먹일 고기를 조금만 달라고 부탁한다. 10센트나 15센트쯤 내고 물건을 살 때도 있지만 그럴 때도 꼭 덤을 요구한다. 옛날 푸줏간에서는 가져가겠다는 사람에게 간 따위를 그냥 주었다. 우리 가족 역시 항상 그걸 먹었다. 한번은 형이 마을 장터 인근 도살장에서 소 한 마리의 간을 통째로 얻어 왔다. 우리는 질릴 때까지 그걸 먹었다. 돈은 한 푼도 들지 않았다. 그후로 나는 소간이라면 생각도 하기 싫었다.

농가에 사는 그 노파는 간 조금과 국물 낼 뼈를 받았다. 그녀는 누구와도 이야기를 나누는 법이 없었고, 필요한 걸 얻은 후에는 곧장 집으로 가는 발걸음을 재촉했다. 늙은 몸뚱이로 지기에는 짐이 적지 않았다. 노파를 마차에 태워주는 사람은 없었다. 사람들은 같은 길을 내처 달리면서도 그런 노파의 존재를 결코 알아차리지 못한다.

내가 소년이던 어느 여름과 가을에, 류머티즘성 관절염을 앓던, 우리 집을 지나 읍내로 가곤 했던 노파가 있었다. 잠시 후면 노파는 묵직한 짐을 등에 지고 다시 나타나 집으로 돌아갔다. 체구는 크지만 비쩍 마른 개 두세 마리가 노파의 발치를 졸졸 따라갔다.

노파는 특별한 구석이 없었다. 그녀를 아는 사람이

전무하다시피 한 이름 없는 사람 중 하나일 뿐이었다. 그런데도 내 머릿속에 들어왔다. 오랜 세월이 지난 지금 뜬금없이 그 노파와 그녀에게 일어났던 사건이 떠올랐다. 그 사건은 이야기가 된다. 노파의 이름은 그라임스로, 마을과 6.4킬로미터 떨어진 작은 개울가에 있는 페인트칠을 하지 않은 작은 집에서 남편과 아들과 살았다.

남편과 아들은 건달이었다. 아들은 고작 스물한 살 나이에 벌써 감옥에서 콩밥을 먹어본 전력이 있었다. 노파의 남편에 대해서는 그가 말을 훔쳐서 다른 카운티로 빼돌린다는 소문이 돌았다. 이따금 말이 사라지는 일이 생길 때마다 그 남자도 보이지 않았던 것이다. 하지만 그가 말 도둑질을 하는 걸 잡아낸 사람은 없었다. 언젠가 내가 톰 화이트헤드의 말 보관소에서 빈둥대고 있을 때, 그 남자가 와서 앞에 있는 벤치에 앉았다. 그 자리에는 다른 남자도 두세 명 있었는데 누구도 그에게 말을 걸지 않았다. 그는 몇 분 앉아 있다가 일어나서 가버렸다. 그곳을 떠나기 전 몸을 돌려 다른 남자들을 빤히 쳐다봤다. 시비를 거는 듯한 눈빛이었다. "아니, 나는 친해져보려고 했잖아. 나랑 말도 안 섞으려고 한 건 당신들이야. 이 마을에서는 내가 어딜 가나 그러더군. 그러다 나중에 당신들의 그 훌륭한 말이 안 보이면, 글쎄, 그땐 어쩔 셈이지?" 실제로는 아무 말도 하지 않았다. '그 턱주가리나 하나 부숴놓고 싶군' 쯤이 그가 눈으로 한 말이었다. 그 남자의 눈빛에 내가 몸을 떨었던 기억이 난다.

그 남자의 집에도 한때는 돈이 있었다. 이름은 제이크 그라임스. 이제 기억이 전부 선명해진다. 그의 아버지 존 그라임스는 이곳 시골이 새로 개간되던 시절 목재소를 갖고 있어서 돈을 벌었다. 그랬는데 주색에 빠져버렸다. 죽을 때는 남은 재산이 별로 없었다.

그마저도 제이크가 날려먹었다. 오래지 않아 재단할 목재가 남지 않았고 땅도 거의 없어지고 말았다.

그는 독일인 농부의 집에서 아내를 얻었다. 6월 어느 날 밀 수확하는 일을 하러 그 집에 가서였다. 여자는 어렸고 죽을 지경으로 겁에 질려 있었다. 왜 있잖나, 농부가 그 여자를 어떻게 해보려고 했던 거다. 여자는 그 집에 묶여 일을 하는 처지였고 농부의 아내에게 의심을 샀던 것 같다. 농부의 아내는 남편이 없을 때마다 어린 여자에게 분풀이를 했다. 그러다 아내가 필요한 물건을 구하러 마을에 가면 농부가 추근댔다. 여자는 실제로 무슨 일이 있었던 적은 없다고 젊은 제이크에게 말했지만 제이크는 그 말을 믿어야 할지 말아야 할지 알 수 없었다.

제이크는 처음으로 그녀를 불러냈을 때 어렵지 않게 여자의 마음을 얻었다. 하지만 독일인 농부가 끼어들지 않았더라면 결혼까지 하지는 않았을 것이다. 제이크는 그 집에서 밀을 타작하던 어느 날 저녁 여자를 자기 마차에 태우고 달렸고 다음 일요일 저녁에도 여자를 찾아왔다.

여자가 어찌어찌 주인 눈에 띄지 않고 집에서 나오기는 했으나 마차에 오르려는 찰나에 농부가 나타났다. 주변이 어둑어둑할 때였는데 말 머리 쪽에서 느닷없이 튀어나온 것이다. 농부가 말굴레를 잡아 쥐자 제이크는 채찍을 꺼내 들었다.

둘은 아주 결판을 낼 기세였다! 그 독일인은 성미가 거칠었다. 아내가 알든 말든 상관없었을지도 모르겠다. 제이크는 그의 얼굴과 어깨에 채찍을 휘둘렀지만 말이 멋대로 움직이려 들어 마차에서 내려야 했다.

그리하여 두 남자는 본격적으로 붙었다. 그 광경

을 여자는 보지 못했다. 말이 내달리기 시작해 거의 1.6킬로미터나 간 후에야 그녀가 겨우 말을 멈출 수 있었기 때문이다. 여자는 가까스로 길섶 나무에 말을 묶었다. (내가 이 모든 걸 아는 게 신기하다. 어린 시절 좁은 동네에서 주워들은 얘기가 머릿속에 남은 모양이다.) 제이크는 독일인과 끝장을 본 뒤 거기 있는 여자를 찾아냈다. 마차 좌석에 앉은 여자는 몸을 잔뜩 웅크린 채 죽을 지경으로 겁에 질려 울고 있었다. 제이크 앞에서 온갖 얘기를 했다. 독일인이 자신에게 손을 대려 했고 한번은 헛간까지 따라 들어온 적도 있고 또 어쩌다 집에 둘밖에 없을 때는 옷 앞섶을 확 찢어버리기까지 했다고. 마누라가 탄 마차가 대문으로 들어오는 소리가 들리지 않았으면 그때 그가 정말로 자기에게 손을 댔을 거라고 여자는 말했다. 농부의 아내는 필요한 물건을 구하러 읍내에 다녀오는 길이었다. 그러니 말을 넣으러 헛간으로 올 터였다. 독일인은 어찌어찌 아내 눈을 피해 밭으로 나갔다. 여자에게는 말하면 죽여버리겠다고 했다. 뭘 어쩔 수 있었겠는가? 여자는 헛간에서 가축들 밥을 주다가 옷을 찢어먹었다고 거짓말을 했다. 여자가 그 집에 묶여 일하는 아이였고 부모의 행방은 몰랐다는 게 기억난다. 아버지는 애초 없었는지도 모른다. 무슨 말인지 여러분도 아시리라.

그렇게 묶여서 일하는 아이들은 가혹한 대우를 받는 경우가 많았다. 그런 부모 없는 아이들은 노예와 다름없었다. 당시에는 보육원조차 극히 드물었기에 그 아이들은 이 집 저 집에 법적 계약으로 묶였다. 그들이 어떤 생활을 하게 될지는 순전히 운에 달려 있었다.

2

여자는 제이크와 결혼해 아들 하나와 딸 하나를 뒀으나 딸은 죽었다.

그후 여자는 가축 먹이는 일에 몰두했다. 그게 그 여자의 일이었다. 독일인 집에서는 독일인과 그의 아내가 먹을 음식을 요리했었다. 독일인의 아내는 궁둥이가 커다랗고 힘이 좋은 여자였는데 대개는 남편과 같이 밭에 나가 일했다. 여자는 그들을 먹이고 헛간의 소들을 먹이고 돼지와 말과 닭을 먹였다. 소녀 시절 매일 매 순간이 누군가를 먹이는 데 소모되었다.

제이크 그라임스와 결혼한 다음에는 그를 먹여야

했다. 여자의 체구는 가냘팠고 결혼한 지 서너 해가 지나 아이 둘을 낳고 난 뒤에는 마른 어깨가 굽어 들어갔다.

제이크는 늘 몸집이 큰 개들을 집에 잔뜩 데리고 있었다. 놀고 있는 목재소 근처 개울가의 집. 제이크는 뭘 훔치지 않을 때면 항상 말들을 사고팔았기 때문에 집에는 가엾도록 뼈가 앙상한 말들도 많았다. 돼지 서너 마리와 소 한 마리도 있었다. 돼지와 소는 조금 남은 그라임스네 땅에서 알아서 풀을 뜯었으므로 제이크는 거의 아무 일도 하지 않았다.

그는 빚을 내서 타작기를 들였고 그걸 몇 년쯤 굴렸지만 돈은 벌리지 않았다. 사람들은 제이크를 믿지 않았다. 그가 밤에 곡식을 빼돌리지나 않을지 의심했던 것이다. 그래서 일감을 얻으려면 멀리까지 나가야 했는데 그렇게 다니는 데 돈이 너무 많이 들었다. 겨울에는 사냥을 하거나 가까운 마을에 내다 팔 약간의 장작을 패는 게 제이크가 하는 일의 전부였다. 아들은 자라면서 아버지와 똑같아졌다. 둘은 함께 술에 취했다. 집에 왔을 때 먹을 게 하나도 없으면 남편은 제 아내 얼굴에 생채기를 냈다. 여자는 기르던 몇 마리 닭

중 한 마리를 허겁지겁 잡아야 했다. 닭을 다 죽이면 읍내에 나갈 때 가져다 팔 달걀이 없을 텐데, 그때는 어쩐단 말인가?

여자는 평생 남들 먹일 궁리를 했다. 돼지들을 먹여 살을 찌운 다음 가을에 도축할 궁리도 그중 하나였다. 돼지를 잡으면 고기 대부분을 남편이 읍내에 가져가 팔아먹었다. 남편이 먼저 하지 않으면 아들이 했다. 그 문제로 두 사람은 가끔 다퉜고 그때마다 여자는 몸을 떨며 그 옆에 서 있었다.

어차피 여자에게는 침묵이 습관이 되어 있었다. 그렇게 굳어졌다. 아직 마흔도 되지 않은 여자가 슬슬 늙어 보이기 시작할 무렵부터, 남편과 아들이 둘 다 말을 사고팔거나 술을 마시거나 사냥을 하거나 도둑질을 하러 가고 없을 때면 여자는 이따금 집과 헛간 마당을 돌아다니며 혼자 중얼거렸다.

어떻게 모두를 먹일지, 그게 여자의 고민거리였다. 개들 밥을 줘야 했다. 헛간에 있는 건초는 말과 소를 먹이기에 충분하지 않았다. 모이를 안 주면 닭들이 어떻게 달걀을 낳겠는가? 읍내에 내다 팔 달걀이 없으면 농장의 목숨들을 부지하는 데 필요한 물건을 어떻게 얻겠는가? 하늘이 도왔는지 그나마 남편에게는 밥을 먹일 필요가 별로 없었다. 그 일은 결혼하고 아이들이 태어난 뒤 얼마 안 가서 끊겼으니까. 남편이 어디로 그렇게 오래 가 있는지 여자는 알지 못했다. 때로 남자는 몇 주씩 집을 비웠고 아들이 자란 뒤로는 함께 사라졌다.

두 사람은 집안일을 죄다 여자에게 떠맡겼지만 여자는 돈도 없었고 아는 사람도 없었다. 읍내 사람 누구도 여자에게 말을 걸지 않았다. 겨울이면 여자는 불을 피울 나뭇가지를 모아야 했고 얼마 없는 곡식으로 어떻게든 가축들을 먹여야 했다.

헛간의 가축들은 배가 고프다며 여자를 향해 울었고 개들은 여자의 뒤꽁무니를 쫓아다녔다. 겨울에는 암탉이 달걀을 거의 낳지 못했다. 닭들은 헛간 구석에 모여 옹그리고 있었고 여자는 닭들을 계속 지켜봤다. 겨울에 헛간에서 암탉이 달걀을 낳았는데 그걸 모르고 있으면 달걀이 얼어서 깨져버리고 만다.

어느 겨울날 노파는 달걀 몇 알을 가지고 읍내로 나갔고 개들이 노파를 따라갔다. 노파는 오후 세 시가 다 되어서야 겨우 길을 나섰는데 눈발이 거셌다. 며칠 동안 몸이 좋지 않았던 노파는 굽은 어깨 위에 옷을 부실하게 걸친 채 계속 무어라 중얼거렸다. 노파는 달걀이 깨지지 않도록, 곡식 담는 낡은 자루 바닥 깊숙이 달걀을 넣어 다녔다. 달걀의 수는 많지 않았지만 겨울에는 달걀 값이 오르므로 그것들을 주고 약간의 고기를, 염장 돼지고기와 설탕 조금을, 어쩌면 커피까지 받을 수 있을 것이었다. 푸줏간 주인이 간을 한 조각 줄지도 몰랐다.

노파가 읍내에 도착해 달걀을 다른 물건과 바꾸는 동안 개들은 문밖에 누워 있었다. 노파는 기대했던 것보다 제법 쏠쏠하게 필요한 물건들을 얻었다. 그러고 나서 들어간 푸줏간에서는 노파에게 간 조금과 개 먹일 고기를 줬다.

누가 노파에게 친근하게 말을 붙여온 건 무척이나 오랜만이었다. 여자가 들어갔을 때 혼자 가게를 보고 있던 푸줏간 주인은 병색 완연한 늙은 여자가 그런 날에 외출했다는 게 영 마뜩잖았다. 날은 쓰라리게 추웠고 오후 들어 그치는가 싶던 눈이 다시 내리고 있었다. 푸줏간 주인은 노파의 남편과 아들 얘기를 꺼내면서 그들 욕을 했고 노파는 그가 말하는 동안 약간 놀란 눈으로 그를 빤히 쳐다봤다. 푸줏간 주인은 자기가 곡식 자루에 넣어준 간이나 살점 붙은 묵직한 뼈가 노파의 남편이나 아들에게 조금이라도 돌아가느니 차라리 놈들이 굶어 죽는 게 낫다고 말했다.

굶어 죽으라고? 아니, 어떤 존재든 밥은 먹어야 했다. 인간은 먹어야 했다. 별 쓸모는 없지만 팔 수 있을지 모르는 말도, 석 달 동안 우유를 전혀 내놓지 않은 가엾고 여윈 소도.

말, 소, 돼지, 개, 인간 모두 다.

3

노파는 가능하면 날이 어두워지기 전에 돌아가야 했다. 개들은 노파가 등에 진 묵직한 곡식 자루에 코를 대고 킁킁거리며 바짝 붙어 따라갔다. 읍내 끄트머리까지 온 노파는 울타리 옆에서 걸음을 멈추고 자투리 끈으로 자루를 등에 묶었다. 그럴 생각으로 옷 주머니에 넣어 온 끈이었다. 그래야 짐을 옮기기에 편하므로. 팔이 욱신거렸다. 기듯이 울타리를 타고 넘자니 힘이 많이 들었고 갑자기 고꾸라져서 눈에 처박혔다. 개들이 주위를 뛰어다녔다. 몸을 일으키려 몸부림을 쳐야 하긴 했지만 어쨌든 노파는 해냈다. 울타리를 넘어가는 건 언덕을 넘고 숲을 통과하는 지름길이 있기 때문이었다. 큰길로 돌아갈 수도 있지만 그러면 거리가 1.6킬로미터는 늘어났다. 제때 집에 도착하지 못할까 봐 걱정스러웠다. 게다가 가축들 밥도 줘야 하지 않나. 남아 있는 건초와 옥수수는 조금밖에 되지 않았다. 어쩌면 남편과 아들이 돌아오면서 뭘 가져올 수도 있겠지만 말이다. 두 사람은 그라임스 가족에게 딱 하나 있는 마차를 몰고 나갔다. 그 주저앉을 것 같은 마차에 주저앉을 것 같은 말 한 마리를 매고 주저앉을 것 같은 다른 말 두 마리를 고삐로 묶어 끌고 갔다. 말을 팔아서 되는 대로 돈푼을 쥐어보려는 심산이었다. 그들이 술에 취해 돌아올지도 몰랐다. 그렇다면 그때 집에 뭐라도 있는 게 좋을 터였다.

아들은 카운티청이 있는 24킬로미터 떨어진 마을에서 웬 여자와 정을 통했다. 상대 여자도 성미가 거친 것이 꼭 건달 같았다. 어느 여름날 아들이 그 여자를 집으로 데려왔다. 여자와 아들 둘 다 술에 취한 채였다. 제이크 그라임스는 집에 없었고 아들과 그 짝이라는 여자는 노파를 하인처럼 부려먹었다. 노파는 크게 개의치 않았다. 그런 데 익숙했으므로. 무슨 일이 생기건 노파는 말을 하는 법이 없었다. 그렇게 쥐 죽은 듯 살았다. 독일인 집에 있던 소녀 시절에도, 제이크와 결혼한 후로도 줄곧 그런 식으로 살아왔다. 아들이 여자를 데려온 날 두 사람은 밤새 집에서 뭉개며 마치 결혼한 사이처럼 잠자리를 함께했다. 노파에게 그다지 충격적인 일은 아니었다. 무슨 일에 충격받고 하는 단계는 인생에서 일찌감치 지나온 노파였다.

노파는 등짐을 진 채 허허벌판을 힘겹게 가로지르고 깊게 쌓인 눈을 헤치며 숲으로 들어갔다.

오솔길이 있었지만 그 길을 따라 걷는 건 쉽지 않았다. 숲이 가장 울창한 언덕 꼭대기를 넘으니 곧바로 자그마한 빈터가 하나 나왔다. 누군가가 언제 거기에 집 지을 생각을 했던 걸까? 그 빈터는 읍내에 있는, 집과 정원이 딸린 여느 건물 부지만 한 크기였다. 오솔길은 빈터를 끼고 이어졌고, 빈터까지 간 노파는 좀 쉬려고 나무둥치 쪽에 앉았다.

바보 같은 행동이었다. 그렇게 자리를 잡고 짐도 나무에 기대어놓으면 당장은 좋겠지만, 다시 일어날 때는 어쩐단 말인가? 노파는 잠시 이런 걱정을 하다가 조용히 눈을 감았다.

노파는 분명 한참을 잤을 것이다. 너무 추우면 더는 추위를 느끼지도 못하는 법이다. 오후가 되자 날은 살짝 풀렸지만 눈발은 더 굵어졌다. 얼마 후 날이 개었다. 달마저 나왔다.

읍내까지 그라임스 부인을 따라온 그라임스네 개는 네 마리였는데, 하나같이 키가 크고 비쩍 말랐다. 제이크 그라임스와 그 아들 같은 남자들은 꼭 그런 개만 길렀다. 그들이 발로 차고 학대해도 개들은 떠나지 않았다. 그라임스네 개들은 굶어 죽지 않으려고 자기들끼리 열심히 먹이를 찾아야 했으며 노파가 빈터 끄트머리 나무에 등을 대고 자는 동안에도 그렇게 했다. 개들은 숲속과 인근 들판에서 토끼를 쫓았고, 그러는 동안 다른 농장 개 세 마리가 합류해 무리를 이루었다.

얼마 후 개들이 전부 빈터로 돌아왔다. 개들은 뭔가에 들떠 있었다. 춥고 맑은 데다 달도 떠 있는 그런 밤은 개들에게 조화를 부린다. 늑대로 살면서 겨울밤이면 무리 지어 숲속을 배회하던 시절부터 내려온 어떤 오래된 본능이 되돌아오는 걸지도.

그 빈터에서 개들은 노파를 앞에 두고 토끼 두세 마리를 잡아 급한 허기를 달랬다. 그러고는 원을 그리며 빈터를 달리는 것으로 놀이를 시작했다. 개들은 저마다 앞에 있는 개들의 꼬리에 코를 대고는 둥글게 둥글게 달렸다. 그 빈터의 눈 소복한 나무 아래, 겨울 달 아래에서 그렇게 묵묵히 달리는 개들은 기묘한 광경을 만들어냈다. 그들의 뜀박질하는 발이 보드라운 눈에 원을 그렸다. 개들은 아무 소리도 내지 않았고, 그저 둥글게 둥글게 원을 그리며 달렸다.

개들이 그러는 모습을 노파도 죽기 전에 봤을지 모른다. 한 번이나 두 번쯤 잠에서 깨어 늙고 침침한 눈으로 그 기묘한 광경을 바라봤을지 모른다.

그때쯤 노파는 추위도 느껴지지 않고 그저 졸리기만 했을 것이다. 생명은 오래도 붙어 있는다. 혼은 진작 빠졌을지도 모르겠다. 독일인 집에서 지냈던 소녀 시절을, 아니면 그보다 앞서 어린 자신을 두고 엄마가 갑자기 떠나기 전의 시절을 꿈꿨을 수도 있겠다.

노파의 꿈이 유쾌했을 리 없다. 노파에게는 유쾌한 일이 많지 않았으니까. 간간이 그라임스네 개들 중 한 마리가 달리던 원을 벗어나 노파 앞에 섰다. 개는 붉은 혓바닥을 축 늘어뜨린 채 노파의 얼굴 가까이에 제 얼굴을 들이밀었다.

개들의 달리기가 모종의 죽음 의례였을 수도 있겠다. 그 밤에 그렇게 달리다가 깨어난 늑대의 원시적 본능에 개들이 뭔가 겁을 먹었을 수도 있겠다.

'우리는 이제 늑대가 아니야. 우리는 개야, 인간의 종. 살아있어야지, 인간아! 인간이 죽으면 우리는 다시 늑대가 된다고.'

개 한 마리가 나무에 등을 대고 앉은 노파 쪽으로 와서 노파의 얼굴에 코를 들이밀더니 흡족한 듯 돌아가 다시 무리와 함께 달렸다. 그라임스네 개들은 그날 저녁 한 번씩은 모두 그렇게 했고 그후 노파는 죽었다. 나는 이 모든 걸 나중에, 남자로 장성하고 나서 알았다. 다른 겨울밤 일리노이의 어느 숲에서 무리를 이룬 개들이 똑같이 하는 모습을 본 적이 있기 때문이다. 개들은 내가 어린아이였던 그날 밤 노파를 기다렸던 것처럼 내가 죽기를 기다렸지만, 그 일을 겪을 때의 나는 청년이었고 죽을 생각이라고는 눈곱만큼도 없었다.

노파는 살며시 고요하게 죽었다. 노파가 죽고 그라

임스네 개 한 마리가 다가와 노파가 죽은 걸 확인하자 개들은 일제히 달리기를 멈췄다.

개들이 노파 주위로 모였다.

그래, 이제 노파는 죽었다. 살아있을 때는 노파가 그라임스네 개들을 먹였는데 이제 어떻게 될 것인가?

노파의 등에는 짐이 있었다. 염장 돼지고기 조각과 푸줏간 주인이 준 간과 개들 먹을 고기와 국물 낼 뼈가 들어 있는 곡식 자루. 별안간 연민이 복받친 읍내 푸줏간 주인이 노파의 곡식 자루를 묵직하게 채워줬던 것이다. 노파로서는 횡재였다.

이제 개들이 횡재했다.

4

그라임스네 개 한 마리가 다른 개들 사이에서 불쑥 튀어나와 노파의 등에 있던 짐을 물고 늘어지기 시작했다. 그 개들이 정말 늑대였으면 그 녀석이 무리의 대장이었을 것이다. 녀석이 하는 행동을 나머지 개들이 따라 했다.

개들 모두가 노파가 끈으로 등에 동여맸던 곡식 자루에 이빨을 박았다.

개들은 노파의 몸을 탁 트인 빈터로 끌고 갔다. 낡은 옷이 노파의 어깨에서부터 금세 찢어졌다. 하루 또는 이틀쯤 지나 발견되었을 때 노파의 옷은 엉덩이까지 찢어져 있었다. 개들은 노파의 몸은 건드리지 않았다. 곡식 자루에서 고기를 끌어낸 게 다였다. 발견 당시 노파의 몸은 빳빳하게 얼어붙어 있었는데 어찌나 어깨가 좁고 체구가 가냘팠던지 고운 소녀의 몸처럼 보였다.

내가 어릴 적 중서부 마을에서는, 마을 근처 농장에서는 이런 일이 일어났다. 토끼를 쫓던 어느 사냥꾼이 노파의 시신을 발견했지만 그는 시신에 손을 대지 않았다. 왜인지, 눈 덮인 작은 빈터에 발로 밟혀 그려진 둥그런 길 때문인지, 적막한 그 공간, 개들이 곡식 자루를 떼어내든 찢어발기든 하려고 시신을 물고 늘어졌던 공간 때문인지 그는 화들짝 놀라 황급히 마을로 갔다.

그날 나는 마을의 신문 배달부로서 여러 상점들에 석간 신문을 배달하는 중이던 형과 함께 읍내 중심가에 있었다. 밤이 다 된 시간이었다.

사냥꾼은 식료품점에 들어와 이야기를 들려줬다.

그러고는 철물점으로, 또 다음에는 잡화점으로 갔다. 사람들이 보도에 모이기 시작했고, 이윽고 길을 따라 숲속의 그 장소로 출발했다.

형은 자기 일인 신문 배달을 마저 해야 했지만 그러지 않았다. 모두가 숲으로 가고 있었기 때문이다. 장의사도 갔고 마을 보안관도 갔다. 몇몇 남자는 마차를 몰고 도로와 오솔길이 갈라지는 곳까지 가서 숲으로 들어갔다. 하지만 발굽 편자가 뭉툭해져 있는 말들이 길에서 이리저리 미끄러지는 탓에 걸어가는 사람들보다 별로 빠르지도 않았다.

마을 보안관은 남북전쟁에서 다리를 다친 덩치 큰 남자였다. 그는 묵직한 지팡이를 들고 다녔는데 절뚝거리면서도 날래게 길을 갔다. 형과 나는 보안관 뒤에 바짝 붙어 따라갔고 가는 동안 다른 남자들과 소년들도 우리 무리에 합류했다.

노파가 길을 벗어나 오솔길에 접어들었던 위치에 다다랐을 무렵에는 이미 날이 어두워진 뒤였다. 하지만 달이 떠 있었다. 보안관은 살인 사건일 수도 있겠다고 생각해서 사냥꾼에게 계속 이런저런 질문을 했다. 사냥꾼은 어깨에 총을 걸친 채 동행했고 개 한 마리가 바짝 뒤를 따랐다. 토끼 사냥꾼이 그렇게 이목을 끄는 일은 자주 있지 않았다. 사냥꾼은 마을 보안관과 함께 행렬을 이끌면서 그 기회를 만끽하고 있었다. "다친 곳은 전혀 안 보였습니다. 아리따운 소녀였어요. 얼굴은 눈에 파묻혀 있었지만. 아뇨, 모르는 사람이에요." 사실 사냥꾼은 시신을 자세히 보지 않았다. 겁이 났기 때문이다. 여자가 살해당했는지도 모를 일이었고 그렇다면 누군가가 나무 뒤에서 튀어나와 자기를 죽일 수도 있었다. 늦은 오후 숲속에서는, 나무들이 죄 헐벗고 땅이 하얀 눈으로 덮여 있을 때, 천지가 적막할 때는 뭔가 오싹한 것이 정신과 몸을 스멀스멀 덮친다. 주위에서 뭔가 기묘하거나 소름 돋는 일이 벌어지면 가능한 한 빠르게 그곳을 벗어나자는 생각밖에 들지 않는다.

남자와 소년 무리는 노파가 들판을 건너간 곳에 다다랐고 보안관과 사냥꾼을 따라서 완만한 경사를 올라 숲으로 들어갔다.

형과 나는 아무 말도 하지 않았다. 형은 신문 다발이 든 가방을 어깨에 둘러메고 있었다. 읍내로 돌아가면 집에 가서 저녁을 먹기 전에 신문부터 마저 배달해야 했다. 형이 분명 속으로 정해놨다시피 내가 그 일을 돕기 위해 따라가면 우리 둘 다 귀가가 늦어진다. 그러면 어머니나 누나가 우리 저녁을 데워줘야 한다.

뭐, 그래도 들려줄 이야기가 있으니까. 아이들에게는 자주 오지 않는 기회였다. 우리가 들어간 식료품점에 마침 사냥꾼이 들어오다니 운이 좋았다. 사냥꾼은 시골 사람이었다. 우리 둘 다 전에는 그를 본 적이 없었다.

남자와 소년 무리가 빈터에 다다랐다. 그런 겨울밤에는 어둠이 빠르게 닥치지만 보름달 덕분에 모든 게 선명했다. 형과 나는 그 나무 근처에 서 있었다. 아래에 노파가 죽어 있는 나무 곁에.

가만히 얼어붙은 채 빛을 받으며 누워 있는 노파는 나이 들어 보이지 않았다. 한 남자가 눈에 파묻혀 있던 노파의 몸을 뒤집었고 나는 전부 다 봤다. 어떤 기묘하고 신비한 느낌에 몸이 떨렸고 그건 형도 마찬가지였다. 추위 때문이었을지도 모르지만.

우리 둘 다 한 번도 여자의 몸을 본 적이 없었다. 얼어버린 살에 들러붙은 눈 때문이었을까, 노파의 몸은 너무나 하얗고 예뻤다. 대리석 같았다. 읍내에서부터

무리를 따라온 사람 중에는 여자가 없었기 때문에 대신 어떤 남자, 읍내 대장장이인 남자가 자기 외투를 벗어 노파의 몸을 덮었다. 그러고는 그가 노파를 품에 안고 읍내로 출발하자 다른 사람들도 말없이 그의 뒤를 따랐다. 그 순간 노파가 누구인지 아는 사람은 아무도 없었다.

5

나는 전부 다 봤다. 개들이 달린 곳을 따라 축소판 경마 경주로처럼 눈에 그려진 타원을 봤고 남자들이 얼마나 미혹되었는지 봤고 어려 보이는 허연 맨어깨를 봤고 남자들이 수군거리는 말을 들었다.

남자들은 미혹되었다고밖에 할 수 없었다. 시신은 장의사에게로 옮겨졌다. 대장장이와 사냥꾼과 보안관을 비롯한 몇 사람이 안으로 들어간 뒤 문을 닫았다. 아버지가 그 자리에 계셨다면 들어갈 수도 있었겠지만 우리 같은 아이들은 안 되었다.

나는 형과 남은 신문을 배달하러 갔고 집에 와서는 형이 이야기를 풀어놓았다.

나는 내내 말없이 있다가 일찌감치 잠자리에 들었

다. 형이 말하는 방식이 마음에 들지 않았던 듯도 하다.

나는 분명 나중에 읍내에서 노파 이야기의 다른 조각들을 들었던 것 같다. 노파의 신원은 다음 날 밝혀졌고 조사가 이뤄졌다.

그녀의 남편과 아들은 어딘가에서 발견되어 읍내로 불려 왔다. 사람들은 그 둘을 여자의 죽음과 엮으려 했지만 잘 되지 않았다. 두 사람의 알리바이는 그만하면 완벽했다.

그럼에도 마을은 그들에게 등을 돌렸다. 두 사람은 떠날 수밖에 없었다. 그들이 어디로 갔는지 나는 들은 적이 없다.

기억나는 건 오로지 그 숲속의 풍경뿐이다. 우두커니 선 남자들, 눈밭에 얼굴을 묻고 있는 소녀처럼 보이는 나신, 달리던 개들이 만들어놓은 길, 위로 보이는 맑고 차가운 겨울 하늘. 하얀 구름 조각들이 하늘에 떠다녔다. 나무 사이로 작게 트인 공간을 내달렸다.

숲속의 그 장면은 나도 모르는 사이 내가 지금 들려주려 하는 실제 사연의 토대가 되어 있었다. 그러니까, 조각들은 오랜 시간이 지나 서서히 주워 모아야 하는 것이었다.

여러 일이 있었다. 나는 소년 시절 한 독일인의 농장에서 일했던 경험이 있다. 일꾼 여자아이는 주인을 겁냈다. 농부의 아내는 여자아이를 미워했다.

거기서 여러 일을 봤다. 훗날 한번은 달이 밝았던 어느 쾌청한 겨울밤 일리노이의 숲에서 개들을 만나 소름이 돋을락 말락 하는 신비한 모험을 했다. 학생 시절 어느 여름날에는 친구인 남자애와 마을에서 몇 킬로미터 떨어진 어느 개울을 따라가다가 그 노파가 살던 집에 이르렀다. 노파가 죽은 뒤로 그 집에는 아무도 살지 않았다. 문은 경첩이 부러져 있었고 창문 유리도 죄다 깨져 있었다. 친구와 내가 바깥쪽 길에 서 있는 사이 떠돌이 농장 개가 틀림없는 개 두 마리가 집 모퉁이를 돌아 뛰어나왔다. 키가 크고 비쩍 마른 개들이었는데, 울타리로 다가와 길에 서 있는 우리를 노려봤다.

이 모든 일은, 노파의 죽음에 관한 이야기는, 내가 나이를 먹을수록 멀리서 들려오는 노랫소리 같아졌다. 음은 한 번에 하나씩 천천히 들어야 했다. 뭔가가 이해되어야만 했다.

죽은 여자는 동물들을 먹일 운명이었다. 여하간 그

녀가 평생 한 일은 그게 전부였다. 태어나기 전에도, 어린아이일 때도, 독일인의 농장에서 일하던 소녀일 때도, 결혼한 뒤에도, 늙어갈 때도, 죽을 때도 동물들의 밥을 줬다. 소와 닭과 돼지와 말과 개와 인간이라는 동물들을 먹였다. 딸은 어려서 죽었고 하나 있는 아들과는 이렇다 할 교감을 나누지 못했다. 죽은 날 밤 그녀는 동물들 먹일 음식을 몸에 지고 서둘러 집으로 가고 있었다.

그녀는 숲속 빈터에서 죽었고 죽은 뒤에도 계속 동물들을 먹였다.

형이 이야기를 들려주던 그때, 우리가 귀가해서 어머니와 누나가 이야기를 들으며 앉아 있던 그날 밤에 나는 형이 중요한 걸 놓쳤다고 생각했던 것 같다. 형은 너무 어렸고 나도 그랬다. 그렇게 완전한 일에는 저 나름의 아름다움이 있는 법이다.

그 요점을 구태여 강조하지는 않겠다. 나는 그때나 그후로나 내가 왜 불만스러웠는지를 설명하려는 것뿐이다. 이 단순한 이야기를 다시 들려주려는 시도가 필요하다고 느낀 이유를 여러분이 이해할지도 모른다는 생각에서 말할 뿐이다.

달걀

아버지도 분명 타고난 성정은 쾌활하고 친절한 사람이었으리라. 서른네 살이 될 때까지 아버지는 토머스 버터워스라는 사람 밑에서 농장 일을 했는데 그 사람 집은 오하이오의 비드웰이라는 마을 근처였다. 당시 아버지는 자기 말을 한 필 갖고 있어서 토요일 저녁마다 말을 몰고 읍내로 가 몇 시간씩 다른 농장 일꾼들과 어울렸다. 읍내에서는 맥주를 몇 잔 마시고 벤 헤드네 술집에서 어슬렁거렸다. 토요일 저녁이면 농장 일꾼들로 북적이는 술집이었다. 노랫소리가 울려 퍼지고 카운터에 유리잔 내려치는 소리가 났다. 열 시가 되면 아버지는 한적한 시골길을 따라 집으로 돌아와, 말이 밤새 편히 쉴 수 있게 해놓고는 자신의 처지를 퍽 만족스러워하며 침대로 갔다. 그때 아버지는 출세해보겠다는 생각이 없었다.

서른다섯 살 되는 해 봄에 아버지는 시골 학교 교사였던 어머니와 결혼했고 이듬해 봄에는 꼬물거리며 울어대는 내가 세상에 나왔다. 그러고는 두 분에게 무슨 일이 일어났다. 야심이 생긴 것이다. 출세를 갈망하는 미국 특유의 열정이 두 분을 사로잡았다.

어머니 때문이었을 수도 있다. 어머니는 학교 교사였으니 책과 잡지를 여러 권 읽었을 게 분명하다. 짐작건대 가필드*니 링컨이니 하는 미국인들이 가난을 딛고 위업을 이뤄 명성을 얻은 이야기를 읽었을 테니, 나를 옆에 누여놓고 본인도 누워서 몸조리하는 동안 언젠가 내가 뭇사람과 도시들을 다스리는 꿈을 꿨을 수도 있을 것이다. 좌우간 어머니는 아버지를 설득해 농장 일꾼 노릇을 때려치우고 말을 판 다음 개인 사업을 시작하게 했다. 어머니는 키가 크고 말수가 적으며 기다란 코와 근심 어린 회색 눈을 지닌 여자였다. 어머니는 자기 자신을 위해서는 무엇도 바라지 않았다. 단

이 책의 주석은 모두 옮긴이 주입니다.―편집자
* 미국 20대 대통령 제임스 가필드.

아버지나 나와 관해서라면 야심이 불치병과 같았다.

두 분이 뛰어든 첫 번째 사업은 잘 풀리지 않았다. 부모님은 비드웰에서 13킬로미터 떨어진 그리그스로드의 척박한 돌투성이 땅 4만 제곱미터를 빌려 양계업을 시작했다. 나는 그곳에서 소년으로 자라났고 인생의 첫맛을 보았다. 시작부터 그 맛은 참담했다. 내가 어머니, 아버지의 뒤를 이어 인생의 어두운 면을 보려 드는 음울한 사람이 되었다면 행복하고 즐거웠어야 할 어린 시절을 양계장에서 보냈다는 사실에 원인이 있다고 생각한다.

이런 문제를 잘 모르는 사람은 닭에게 일어날 수 있는 온갖 비참한 일들을 생각조차 할 수 없을 것이다. 닭은 달걀에서 태어나 부활절 카드 그림에서 볼 법한 솜털 보송한 미물로 몇 주를 살다가 흉물스럽게 깃털이 빠지고, 아버지가 눈썹에 땀방울 맺혀가며 일해서 사 온 옥수수와 모이를 잔뜩 먹고, 핍*이니 콜레라니 각종 이름을 단 병에 걸려서는, 멍청한 눈으로 멀뚱히 태양만 바라보며 서 있다, 앓다가 죽는다. 암탉 몇 마

---

* 닭의 급성 호흡기 전염병인 전염성 코라이자.

리는, 그리고 가끔은 수탉도 한 마리쯤은 신의 수수께끼 같은 목적에 봉사하도록 만들어졌는지 고생 끝에 성체가 된다. 그리하여 암탉이 알을 낳고 거기서 다른 병아리가 나오면 이 지독한 순환이 완성된다. 이 모든 것이 믿기 어려우리만치 복잡하다. 철학자 대다수는 분명 양계장에서 성장한 사람들일 것이다. 닭에게 크나큰 기대를 걸고 살다 보면 지독한 환멸을 느끼게 될 수밖에 없다. 삶이라는 여정에서 막 첫발을 뗀 자그마한 병아리들은 영특하고 또릿또릿해 보이지만 실은 엄청나게 멍청하다. 사람과 어찌나 비슷한지 삶을 평하다 보면 헷갈릴 정도다. 닭들은 병으로 죽지 않으면 우리의 기대가 치솟을 대로 치솟을 때까지 기다렸다가 수레바퀴 아래로 걸어들어간다. 으스러져 죽어서 제 조물주에게로 돌아가는 것이다. 어린 닭은 해충이 들끓어서 거금을 들여 가루 치료제를 먹여야만 한다. 내가 한참 나이를 먹은 다음에 보니 닭을 키워 큰돈을 벌었다는 주제로 글이 지어지더라. 그런 건 방금 선악과의 열매를 따 먹은 신들 읽으라고 나오는 글이다. 희망에 찬 그런 글은 평범해도 야심 있는 사람이 암탉 몇 마리를 갖고 많은 성과를 얻을 수 있다고 단언한다. 그런 글에 현혹되면 안 된다. 당신 보라고 쓴 글이 아니다. 알래스카의 얼어붙은 산에 금을 찾으러 가도 좋고, 정치인이 정직하리라고 신뢰해도 좋고, 세상이 매일 나아지고 있으며 선이 악을 이길 것이라고 굳이 믿어도 좋지만, 암탉에 관해 쓴 글은 읽지도 믿지도 말라. 당신 보라고 쓴 글이 아니다.

그나저나 내가 딴 길로 샜다. 내 사연의 주된 관심은 암탉에 있지 않다. 바로 말하자면 이야기의 중심은 달걀이다. 아버지와 어머니는 양계장으로 돈을 벌려고 10년 동안 고군분투하다가 그 고생을 포기하고 다른 일을 시작했다. 오하이오 비드웰 읍내로 이사해 식당 사업을 시작한 것이다. 부화를 못 시키는 부화기, 조그맣고 저 나름대로 사랑스러웠다가 깃털이 반쯤 빠진 영계 시절을 거쳐 암탉으로 죽게 되는 솜털 덩어리들을 붙들고 10년을 근심으로 보낸 끝에 우리는 모든 걸 내던지고 세간살이만 수레에 싣고는 그리그스 로드를 떠나 비드웰로 향했다. 그 수레는 신분 상승의 여정을 시작할 새로운 장소를 찾아나선 조촐한 희망의 짐마차였다.

우리는 분명 슬퍼 보였을 것이다. 전쟁터에서 도망

치는 피란민과 다르지 않았으리라. 어머니와 나는 걸어서 이동했다. 짐을 실은 수레는 이웃인 앨버트 그리그스 씨에게 하루 빌린 것이었다. 수레 옆으로 싸구려 의자 다리가 삐죽삐죽 튀어나와 있었고, 침대와 탁자와 주방 도구 상자를 쌓은 더미 뒤로는 살아있는 닭이 든 궤짝이 하나 있었으며, 그 위에는 어린 나를 태우고 굴러다녔던 유아차가 있었다. 왜 그때까지 유아차를 고이 간직했는지는 잘 모르겠다. 아기가 더 태어날리 만무했고 바퀴마저 부러졌는데. 가진 게 별로 없는 사람들은 그나마 가진 것에 아득바득 집착한다. 이런 사실이 사는 동안 사람의 기를 꺾어놓는다.

아버지는 수레에 올라앉아 그걸 몰았다. 머리가 벗겨진 마흔다섯 살 아저씨였던 그때의 아버지는 약간 통통했으며, 어머니와 닭에 오래 묶여 있었던 탓에 말없이 의기소침하게 있는 게 습관이 되어 있었다. 양계장을 하고 산 10년 내내 아버지는 이웃한 여러 농장에서 인부로 일했고 그렇게 번 돈 대부분이 닭들이 앓는 병의 치료제 값으로 들어갔다. 월머의 화이트 원더 콜레라 약, 비드로 교수의 산란 촉진제, 아니면 어머니가 양계 잡지 광고에서 본 약제들을 사는 돈으로. 아버지의 머리에는 양 귀 바로 위쪽에 머리카락이 두 뙈 기 남아 있었다. 어린 시절 겨울, 일요일 오후에 난로 앞 의자에서 잠든 아버지를 바라보며 앉아 있던 기억 이 난다. 나는 그 무렵 이미 책을 읽기 시작해서 내 나름의 생각이 있었고, 아버지 정수리를 넘어 이어지는 민둥한 길을 어떤 넓은 길로 상상했다. 카이사르가 군단을 이끌고 로마를 나서서 경이로운 미지의 세계로 가고자 닦아놓은 그런 길. 아버지 귀 위쪽으로 나 있는 머리카락 뭉치는 숲이라고 생각했다. 까무룩 잠이 들락 말락 할 때가 되면 몸집이 작아진 내가 그 길을 따라 양계장이 없는 곳, 삶이 달걀 없이 행복하게 펼쳐지는 저 멀리 아름다운 곳으로 가는 꿈을 꿨다.

양계장을 벗어나 읍내로 간 우리의 탈출에 대해서라면 너끈히 책 한 권을 쓸 수도 있다. 어머니와 나는 꼬박 13킬로미터를 걸어갔다. 어머니는 수레에서 뭐가 떨어지지나 않을지 살피느라 그랬고 나는 세상의 경이를 구경하려고 그랬다. 수레 위 아버지 옆자리에는 아버지가 애지중지하는 보물이 놓여 있었다. 여러분에게 그 이야기를 해보겠다.

달걀에서 수백 마리, 아니, 수천 마리 닭이 나오는

양계장에서는 가끔 놀라운 일이 일어난다. 그로테스크한 존재는 사람에게서와 마찬가지로 달걀에서도 태어난다. 자주 있는 일은 아니다. 천 번의 탄생 중 한 번쯤 될까. 그러니까 닭이 태어났는데 다리가 네 짝이거나 날개가 두 쌍, 머리가 두 개 달려 있거나 하는 것이다. 그렇게 태어난 병아리들은 살지 못한다. 어느 찰나 손을 떨었던 조물주의 손으로 금세 돌아간다. 그 가엾고 작은 것들이 살지 못한다는 사실이 아버지에게는 삶의 한 가지 비극이었다. 아버지는 다리가 다섯인 암탉이나 머리가 둘인 수탉을 성체로 길러낼 수만 있으면 한밑천 잡을 수 있으리라는 생각을 품고 있었다. 그 신기한 것들을 카운티 축제 같은 데 가져가 다른 농장 일꾼들에게 보여줘 부자가 되는 꿈을 꿨던 것이다.

좌우간 아버지는 우리 양계장에서 태어난 그 작고 괴물 같은 것들을 몽땅 모아두었다. 보존한다며 술에 담가서 각각 다른 유리병에 넣어놓았다. 그걸 상자 하나에 조심스레 담아서는 수레 옆자리에 싣고 읍내로 갔다. 아버지는 한 손으로 말을 몰고 다른 손으로는 상자를 붙들었다. 목적지에 도착해서는 냉큼 상자를 내려 병들을 꺼냈다. 오하이오 비드웰 읍내에서 식당을 하며 살았던 시기 내내 저마다 작은 유리병에 든 그 그로테스크한 것들은 카운터 뒤편 선반에 놓여 있었다. 이따금 어머니가 잔소리를 해댔지만 아버지는 자신의 보물에 관해서라면 바위 같았다. 그로테스크한 것들이 귀한 거라고 아버지는 선포했다. 사람들은 이상하고 신기한 존재를 바라보는 걸 좋아한다고 했다.

우리가 오하이오 비드웰 읍내에서 식당 사업을 시작했다고 말했던가? 살짝 과장이 있었다. 사실 비드웰 읍은 야트막한 언덕 발치, 작은 강 기슭에 있었다. 철도는 읍내를 지나가지 않았고, 기차역은 읍에서 북쪽으로 1.6킬로미터 떨어진 피클빌이라는 곳에 있었다. 한때는 역 근처에 사과주 공장과 피클 공장이 있었지만 두 곳 다 우리가 오기 전에 이미 폐업한 뒤였다. 아침저녁으로 비드웰 중심가 호텔에서 출발해 터너스파이크 도로를 따라 역까지 가는 버스가 운행했다. 식당을 시작하겠다고 그렇게 외진 곳을 찾아간 건 어머니의 생각이었다. 어머니는 한 해 내내 그 얘기를 하더니 어느 날 나가서 기차역 맞은편의 빈 가게 건물에 세를 얻었다. 식당을 하면 수익을 얻을 수 있을 거라고 생각한 사람도 어머니였다. 여행객들이 마을을 떠나는 기차를 타려고 늘 기다릴 테고, 읍내 사람들도 오는 기차를 기다리려고 역을 찾을 거라고 어머니는 말했다. 그 사람들이 식당에 와서 파이를 사 먹고 커피를 마실 것이었다. 나이를 먹고 보니 어머니가 그곳으로 간 데는 다른 뜻도 있었다는 걸 알겠더라. 어머니는 내가 잘됐으면 하는 야심을 품고 있었다. 내가 출세하기를, 읍내 학교에 가고 도시 사람이 되기를 바랐던 것이다.

피클빌에서 아버지와 어머니는 지금껏 늘 그래왔듯 열심히 일했다. 우선은 우리 거처가 식당 꼴을 갖추게 해야 했다. 여기에 한 달이 걸렸다. 아버지는 채소 통조림을 올릴 선반을 제작했다. 간판을 만들고 빨간 글자로 큼직하게 아버지 이름을 썼다. 이름 아래에는 "식사는 여기서"라고, 좀처럼 지켜지지 않을 날카로운 지시문을 적었다. 진열장을 구입해 시가와 담배를 채웠다. 어머니는 바닥과 벽을 문질러 닦았다. 나는 읍내 학교에 들어갔는데, 양계장으로부터, 그리고 슬퍼 보이는 의기소침한 닭들의 존재로부터 거리를 둘 수 있어 기뻤다. 그렇지만 아주 즐거운 건 아니었다. 저녁마다 학교를 출발해 터너스파이크를 따라 집으로 걸어가면서 읍내 학교 운동장에서 놀던 아이들의 모습을 떠올렸다. 어린 여자애 무리가 노래를 부르며 폴짝폴짝 지나갔더랬다. 나도 해보려 했다. 얼어붙은 길을 따라 엄숙하게 한 발로 폴짝거렸다. "깡충깡충 이발소로 가자"라고 새된 목소리로 노래도 했다. 그러고는 멈춰 서서 확신 없는 눈으로 주변을 둘러봤다. 까불거리는 모습이 남들 눈에 띌까 봐 걱정됐다. 나처럼 죽음이 날마다 찾아오는 양계장에서 자란 사람이 해서는 안 될 일을 하는 것처럼 느껴졌던 모양이다.

어머니는 우리 식당이 밤에도 계속 영업을 해야 한다고 판단했다. 밤 열 시면 여객 열차가 우리 식당 앞을 지나 북쪽으로 갔고 지선 화물 열차가 뒤를 따랐다. 화물 열차 인부들은 피클빌에서 차량을 연결하거나 분리해야 했고 작업이 끝나면 따뜻한 커피와 음식을 찾아 우리 식당으로 왔다. 이따금 달걀프라이를 주문하는 사람도 있었다. 새벽 네 시에는 북행 열차를 타고 갔던 사람들이 돌아와 우리 식당을 찾았다. 작았던 장사가 점점 커졌다. 어머니는 밤에 자고, 낮에 아버지가 자는 동안 식당을 보면서 하숙인들 식사를 챙겼다. 아버지는 간밤에 어머니가 썼던 그 침대에서 잤고 나는 비드웰 읍내로 등교했다. 어머니와 내가 잠들어 있는 긴긴밤 동안 아버지는 하숙인들 점심으로 주는 샌드위치에 넣을 고기를 요리했다. 그러던 중 출세와 관련된 한 가지 생각이 아버지 머릿속에 떠올랐다. 미국의 정신이 아버지를 사로잡은 것이다. 아버지 역시 야심을 품게 되었다.

할 일이랄 게 없는 긴긴밤이면 아버지에게는 생각할 시간이 있었다. 그게 패착이었다. 아버지는 과거에 자신이 성공하지 못한 건 쾌활함이 부족해서라고 판단해, 앞으로는 삶을 더 쾌활하게 바라보겠노라 결심했다. 아버지는 이른 아침에 위층으로 올라와 어머니가 있는 침대에 누웠다. 어머니가 잠에서 깨면 두 분은 대화를 했다. 나는 구석에 놓여 있는 다른 침대에서 귀를 기울였다.

아버지 생각은 자신도 어머니도 우리 식당에 뭘 먹으러 오는 사람들을 즐겁게 해줘야 한다는 것이었다. 그때 아버지가 하셨던 말씀이 정확히 기억나지는 않지만 뭔가 사람들에게 오락거리를 제공하려는 듯한 느낌이었다. 손님이, 특히 드물게나마 비드웰 읍내의 젊은 사람들이 우리 가게에 왔을 때는 즐겁고 밝은 대화가 이뤄져야 했다. 내가 이해하기로 아버지는 유쾌한 여관 주인 비슷한 역할을 하고자 했던 듯하다. 어머니는 처음부터 아버지의 생각이 그다지 내키지 않았던 것 같지만 아버지의 기를 꺾는 말은 하지 않으셨다. 아버지는 자신과 어머니랑 어울리고 싶다는 열망이 비드웰 읍내 젊은이들의 가슴에 피어나리라고 생각했다. 저녁이 되면 밝고 행복한 젊은이들이 무리를 지어 노래를 부르며 터너스파이크를 걸어올 것이었다. 웃음 섞인 기쁨의 함성을 지르며 우리 가게로 몰려올 것이었다. 노랫소리가 울려퍼지고 축제 분위기가 될 것이었다. 아버지가 이 문제를 이렇게 소상히 얘기한 것처럼 보이게 하려는 건 아니다. 앞서 말했듯 아버지는 말수가 적은 사람이었다. 아버지는 그저 "사람들은 어딘가 갈 곳을 원하지. 갈 만한 곳을 원해"라고 반복해서 말했을 뿐이다. 그게 아버지가 할 수 있는 최대의 표현이었다. 나머지 공백은 내 상상으로 채운 것이고.

이삼 주 동안 아버지의 이런 생각이 우리집을 장악했다. 우리는 말을 많이 하지는 않았지만 일상생활을 하는 동안 무뚝뚝한 표정 대신 미소로 얼굴을 채우려고 최선을 다해 노력했다. 어머니는 하숙하는 사람들에게 미소를 지었고 거기에 감염된 나도 우리 고양이에게 미소를 지었다. 아버지는 사람들을 기쁘게 하겠다는 갈망으로 살짝 과열되었다. 아버지의 내면 어딘가에 무대쟁이의 영혼이 약간이나마 도사리고 있던 게 틀림없다. 아버지는 밤에 오는 손님인 철도원들에게 힘을 빼는 대신 자기 능력을 보여줄 비드웰의 젊은 남녀 손님을 기다리는 것 같았다. 식당 카운터에는 늘 달걀이 가득한 소쿠리가 있었는데, 사람들을 즐겁게 해주자는 생각이 아버지의 머릿속에 생겨났을 때도 그게 눈앞에 있었던 모양이다. 아버지의 발상에 달걀이 자꾸 엮여든 데는 어딘가 운명적인 구석이 있었다. 좌우간 아버지가 삶에서 새롭게 느낀 추진력은 달걀 한 알에 결딴나고 말았다. 어느 늦은 밤 나는 아버지의 목에서 터져나온 분노의 울부짖음에 잠이 깼다. 어머니도 나도 침대에서 몸을 일으켜 앉았다. 어머니는 떨리는 손으로 머리맡 협탁에 놓인 등잔에 불을 밝혔다. 아래층에서는 우리 식당 앞문이 쾅 소리와 함께 닫혔고 몇 분 뒤 아버지가 쿵쿵거리며 계단을 올라왔다. 아버지는 손에 달걀을 들고 있었고 그 손은 오한

이라도 난 듯 떨렸다. 눈빛도 반쯤 정신이 나간 듯이 보였다. 우리를 노려보고 선 아버지를 보며 나는 아버지가 어머니나 내게 달걀을 던질 심산이라고 확신했다. 그러나 아버지는 이내 협탁 위 등잔 옆에 달걀을 살포시 올려놓고 어머니 침대 옆에 풀썩 무릎을 꿇었다. 이어서 소년처럼 울음을 터뜨렸고, 아버지의 슬픔에 휩쓸린 나도 덩달아 울었다. 우리 둘이 통곡하는 소리가 위층의 작은 방을 가득 채웠다. 우스꽝스러운 얘기지만, 우리가 만든 그 장관 가운데 내가 떠올릴 수 있는 건 어머니의 손이 아버지 정수리에 뚫린 그 민둥한 길을 계속 쓰다듬었다는 사실뿐이다. 어머니가 아버지에게 무슨 말을 했고 어떻게 아래층에서 있었던 일을 털어놓도록 설득했는지는 잊어버렸다. 설명하던 아버지의 말 역시 머릿속에서 사라졌다. 기억하는 건 오로지 나 자신이 느낀 슬픔과 두려움 그리고 침대 옆에 무릎 꿇은 아버지 머리에서 등잔 빛을 받아 광이 나던 그 반짝이는 길뿐이다.

아래층에서 무슨 일이 있었던가. 논리적으로 그 이유를 설명할 수는 없으나 나는 아버지가 좌절하는 광경을 내 눈으로 본 것처럼 그 사건의 경위를 잘 알고 있다. 시간이 지나면 설명이 안 되던 많은 일을 알게 되는 법이니까. 그날 저녁에는 비드웰 상인의 아들인 조 케인이라는 젊은이가 남부에서 밤 열 시 기차로 올 예정인 아버지를 마중하러 피클빌에 왔다. 기차가 세 시간 연착되자 조는 기다리는 동안 시간을 때울 요량으로 우리 가게를 찾았다. 지선 화물 열차가 들어왔고 화물 열차 인부들이 배를 채웠다. 조는 식당에 내 아버지와 단둘이 남았다.

이 비드웰 청년은 우리 가게에 들어온 순간부터 아버지의 행동을 당혹스럽게 느꼈던 모양이다. 자신이 가게에 죽치고 있어서 아버지가 화났다고 생각했다. 식당 주인이 자신의 존재를 불편해하는 게 분명하니 나갈까 싶었다. 하지만 비가 내리기 시작한 터라 읍내까지 한참을 걸어갔다가 다시 돌아오고 싶지는 않았다. 그는 5센트짜리 시가를 사고 커피를 한 잔 주문했다. 그러고는 주머니에 있던 신문을 꺼내 읽기 시작했다. "밤 기차를 기다리고 있는데 연착이네요." 그가 미안한 기색을 보이며 말했다.

조 케인으로서는 그야말로 초면인 아버지가 한참 동안 말없이 손님을 응시했다. 갑자기 덮쳐온 무대 공포증에 허덕였던 게 틀림없다. 인생이 흔히 그렇듯 아버지는 지금 자신에게 닥친 상황을 너무 많이 또 너무 자주 생각해온 나머지 막상 실전에서는 긴장을 하고 말았다.

손을 어떻게 둬야 할지 몰랐던 것만 해도 그렇다. 아버지는 안절부절못하며 한쪽 손을 카운터 너머로 불쑥 내밀어 조 케인과 악수했다. "거 안녕하쇼." 조 케인은 신문을 내려놓고 아버지를 물끄러미 쳐다봤다. 카운터 위에 있던 달걀 소쿠리에 눈길이 닿은 아버지가 이야기를 시작했다. "아니." 머뭇대는 시작이었다. "글쎄, 크리스토퍼 콜럼버스라고 들어봤지요, 예?" 아버지는 화난 사람처럼 보였다. "크리스토퍼 콜럼버스 그놈, 순 사기꾼입니다." 아버지가 힘주어 말했다. "그 인간, 달걀을 세운다니 어쩌니 떠들어대다가, 말만 실컷 하고 달걀 끝부분을 깨버렸어요."

손님 눈에 비친 아버지는 크리스토퍼 콜럼버스의 시커먼 속에 분노해 이성을 잃은 사람이었다. 아버지는 중얼중얼 욕을 뱉었다. 이러니저러니 해도 결정적인 순간에 속임수를 쓴 사람인데 아이들에게 크리스토퍼 콜럼버스를 위인으로 가르치는 건 잘못되었다

달걀

53

고 힘주어 말했다. 달걀을 세울 수 있다고 선포하고서는 정작 해보라고 하자 꼼수를 쓴 인간이라면서. 아버지는 콜럼버스 얘기로 계속 투덜거리며 카운터 위 소쿠리에서 달걀을 하나 꺼내 들고 왔다갔다 걷기 시작했다. 아버지는 양 손바닥 사이에서 달걀을 굴렸다. 사람 좋은 미소도 지었다. 인체에서 발생하는 전기가 달걀에 어떤 영향을 주는지 웅얼웅얼 읊기 시작했다. 손에서 이리저리 굴리기만 하면 껍데기를 깨지 않고도 달걀을 세울 수 있다고 장담했다. 달걀에 손의 온기를 나눠주고 부드럽게 굴리면 무게 중심이 새로 잡힌다고 설명하자 조 케인이 미약하게 관심을 보였다. "달걀이라면 수천 개는 만져봤습니다. 달걀에 대해 나보다 더 잘 아는 사람은 없어요." 아버지가 말했다.

아버지는 카운터 위에 달걀을 세워보려 했지만 달걀은 옆으로 픽 넘어졌다. 아버지는 그 재주를 시도하고 또 시도했다. 꼬박꼬박 양 손바닥 사이에서 달걀을 굴리고 전기와 중력 법칙의 신기한 효과 얘기를 늘어놓았다. 30분간 애쓴 끝에 아버지는 실제로 달걀을 잠시 세우는 데 성공했으나 고개를 드니 손님은 더 이상 자신을 보고 있지 않았다. 성공했다며 조 케인의 주의를 끄는 데 성공했을 때는 달걀이 또 넘어가 옆으로 누워 있었다.

무대쟁이의 열정이 타오른 동시에 첫 시도가 실패로 돌아가 적잖이 당황한 아버지는 흉물스러운 닭들이 든 병을 선반에서 내려 손님 앞에 내밀었다. "이놈처럼 다리가 일곱 개에 머리가 둘 달리면 어떨 것 같습니까?" 보물 중에서도 제일 놀라운 걸 선보이며 아버지는 물었다. 쾌활한 미소가 얼굴에 어른거렸다. 젊은 농장 일꾼으로서 토요일 저녁마다 말을 몰고 읍내에 가던 시절, 벤 헤드네 술집에서 본 남자들처럼 카운터 너머로 팔을 뻗어 조 케인의 어깨를 치려고도 했다. 끔찍하게 일그러진 새의 몸뚱이가 술에 둥둥 떠서 병에 담겨 있는 모습에 속이 안 좋아진 손님은 일어나서 나가려고 했다. 아버지는 카운터 뒤편에서 청년의 팔을 붙잡고 도로 자리에 앉혔다. 살짝 화가 치민 나머지 잠시 고개를 돌리고 억지웃음을 짜내야 했다. 아버지는 병들을 다시 선반에 올렸다. 별안간 인심이 폭발한 아버지는 돈은 안 받겠다며 새 커피 한 잔과 시가 한 대를 조 케인에게 강권하다시피 했다. 그러고는 팬을 가져와 카운터 아래 주전자에 있던 식초를 가득

붓고서 지금부터 새로운 재주를 부려보겠다고 선포했다. "이렇게 식초를 넣은 팬에서 달걀을 가열해요. 그러면 병목에 밀어넣어도 껍데기가 안 깨지죠. 병에 들어가고 나면 달걀은 원래 모양으로 돌아오고 껍데기도 다시 딱딱해집니다. 이 달걀이 든 병을 손님에게 드리지요. 어디든 갖고 다닐 수 있어요. 어떻게 병에 달걀을 넣었냐고 사람들이 궁금해할 겁니다. 말해주지 말아요. 이리저리 추측하게 돼요. 이 재주는 그렇게 즐기는 겁니다."

아버지는 씩 웃으며 손님에게 눈을 찡긋해 보였다. 조 케인은 자기 앞에 있는 이 남자가 은은하게 미쳐 있을지언정 해코지를 할 사람은 아니라고 판단했다. 그는 받은 커피를 마시고 다시 자기 신문을 읽기 시작했다. 달걀이 식초 속에서 다 데워지자 아버지는 그걸 숟가락에 올려 카운터로 가져온 뒤 뒤쪽으로 들어가 빈 병을 가져왔다. 재주를 부리려는 자신을 손님이 보지 않아 화가 났지만 그래도 쾌활하게 작업에 들어갔다. 달걀을 병목으로 통과시키려고 한참 용을 썼다. 달걀을 다시 데우려고 식초 담은 팬을 화덕에 도로 올렸는데 그걸 들다가 손가락도 데었다. 뜨거운 식초에 두 번째로 들어갔다 나온 달걀 껍데기는 조금은 말랑해졌지만 아버지의 목적을 이루기에는 부족했다. 애쓰고 또 애쓰던 아버지는 필사의 오기에 사로잡혔다. 마침내 재주 부리기에 성공하겠다 싶던 순간 연착된 기차가 역에 들어오면서 조 케인이 무심하게 문을 나서려고 했다. 아버지는 달걀을 정복하고 그걸로 재주를 부려서 식당에 오는 손님을 즐겁게 해줄 줄 아는 사람이라는 평판을 굳히고자 마지막 필사의 시도를 감행했다. 아버지는 달걀을 괴롭혔다. 다소 거칠게 다루려고 했다. 입에서는 욕이 나왔고 이마에는 땀방울이 맺혔다. 아버지의 손 아래에서 달걀이 깨졌다. 달걀의 내용물이 터져나와 아버지의 옷에 묻자 문 앞에서 걸음을 멈춘 조 케인이 돌아보고 웃었다.

분노의 울부짖음이 아버지의 목구멍에서 솟구쳤다. 아버지는 팔다리를 휘저으며 알아들을 수 없는 말들을 줄줄이 외쳤다. 카운터 소쿠리에서 다른 달걀을 집어서 던졌는데, 청년이 문밖으로 재빨리 몸을 피하는 바람에 그의 머리를 아슬아슬하게 빗나갔다.

아버지는 달걀 하나를 손에 쥔 채 어머니와 내가 있는 위층으로 올라왔다. 아버지가 뭘 하려 했는지 나는 모른다. 그걸 깨부술 생각, 달걀이란 달걀은 죄다 깨뜨려버리려는 생각을 하지 않았을까, 어머니와 내가 보는 앞에서 일을 벌이려던 게 아니었을까 짐작해본다. 그러나 어머니 앞에 오자 아버지에게는 무슨 일이 일어났다. 앞서 이야기했듯 아버지는 협탁에 달걀을 살포시 내려놓고 침대 옆에 풀썩 무릎을 꿇었다. 잠시 후, 그날 밤에는 식당 문을 닫고 위층에서 잠자리에 들기로 마음을 정했다. 아버지는 등잔불을 불어 끄고 어머니와 한참 동안 웅얼웅얼 대화를 나누다가 나란히 잠들었다. 나도 잠이 들었겠지만 내 잠자리는 뒤숭숭했다.

새벽에 잠에서 깬 나는 협탁에 놓인 달걀을 오랫동안 바라봤다. 달걀이 왜 존재해야 하고 왜 달걀에서 암탉이 나와 다시 달걀을 낳는지가 궁금했다. 이 질문은 내 피에 스며들었다. 질문이 그대로 내 핏속에 붙박인 건 내가 아버지의 아들이기 때문이리라. 좌우간 이 문제는 지금도 해결되지 않은 채 내 머릿속에 남아 있다. 그리고 그건 바로 달걀이 완전하고도 최종적인 승리를 거뒀다―적어도 내 가족에게는 그렇다―는 또 하나의 증거라는 게 내 결론이다.

나는 바보다

정말이지 가슴 철렁한 일이었다. 내가 지금까지 겪었던 일들 중 손에 꼽게 쓰라린. 게다가 그게 다 내가 바보라서 자초한 일이었으니. 아직도 가끔 그 일이 떠오를 때면 엉엉 울든 욕을 하든 창피해 발버둥을 치든 하고 싶다. 시간이 이렇게 지났지만 그 사건에 대해 이야기보따리를 풀어놓아 여러분에게 내 너절함을 보여주면 뭔가 속이 좀 풀릴 것 같다.

사건의 시작은 10월의 어느 날 오후 세 시, 오하이오 선더스키에서 열린 가을 마차 경주의 관람대에 내가 앉아 있을 때였다.

솔직히 말해서 내가 관람대에 앉아 있는 것부터가 좀 바보 같았다. 나는 그 전해 여름 해리 화이트헤드

밑에서 마필관리사로 일하기로 하고 고향 마을을 떠났다. 버트라는 검둥이와 나는 가을 경마에 출전시킬 말 두 필 중 한 마리씩을 돌보게 되었다. 엄마는 우셨고, 그해 가을 임용될 우리 마을의 학교 교사 자리를 맡고 싶어 했던 누이 밀드러드는 내가 떠나기 전까지 한 주 내내 집 안을 쿵쿵 돌아다니며 성을 내고 나를 타박했다. 두 사람 모두 가족 중에 경주마 돌보는 마필관리사가 나오는 걸 망신스럽게 여겼다. 밀드러드는 내가 그 일을 하게 되면 교사가 되기 위해 오랫동안 노력해온 자신이 학교에서 일자리를 얻는 데 걸림돌이 되리라 생각하는 것 같았다.

하지만 어찌 됐든 나는 일을 해야 했고 이 일 저 일 가릴 수가 없는 처지였다. 다 커서 어기적대는 열아홉 살짜리가 집에서 빈둥대고만 있을 수는 없는 노릇인데, 남의 집 잔디밭을 깎아주거나 신문을 팔기에는 이미 덩치가 너무 커버린 뒤였다. 몸집으로 동정심을 자극하는 꼬맹이들이 번번이 내 일을 가로챘다. 한 놈은 잔디를 깎거나 물탱크를 청소하려는 사람이 나타나기만 하면 자기는 스스로 학비를 벌어 대학에 가려 저축 중이라고 입을 털었다. 나는 밤마다 말똥한 정신으로 누워서, 남들한테 안 들키고 그 녀석을 다치게 할 방법을 궁리하곤 했다. 녀석이 수레에 치이거나 길을 가다 위에서 떨어진 벽돌에 머리를 맞는 걸 생각하고 또 생각했다. 하지만 그 녀석에게는 신경 쓸 것 없다.

나는 해리 밑에서 일하게 되었고 버트도 마음에 들었다. 버트와 나는 쿵짝이 잘 맞았다. 덩치 좋은 검둥이인 그는 느긋한 몸을 아무렇게나 늘어뜨렸고 눈빛이 부드럽고 다정했으며 싸움 실력으로 말하자면 잭 존슨*처럼 주먹을 날릴 줄 알았다. 버트가 맡은 부세팔루스는 커다란 검정 종마였는데 필요하면 2분 9초나 2분 10초 기록을 낼 수 있었고, 내가 맡은 닥터프리츠란 이름의 작은 거세마는 해리가 승리를 원할 때면 가을 내내 경주에서 지는 법이 없었다.

우리는 7월 느지막이 말 두 마리를 데리고 화물칸에 올라타 고향을 떠났다. 그리고 그해 11월 말이 될 때까지 경마 대회가 열리고 장터가 서는 곳을 따라 계속 이동했다. 내게는 참말로 근사한 시간이었다. 요즘 간간

---

* 미국 권투 선수. 남부에서 공공장소 내 흑백 인종 분리를 명문화한 짐크로법이 시행되던 시기에 흑인 최초로 헤비급 챔피언이 되었다.

이 하는 생각인데 집 안에서 반듯하게 키워진 사내애들, 그래서 평생 버트처럼 훌륭한 검둥이와 단짝이 되어보지 못하고, 고등학교와 대학에 진학하고, 뭐라도 슬쩍하거나 알딸딸하게 취해보거나 욕을 아는 녀석들에게 욕을 배워본 적도 없고, 경주가 시작되어 멋지게 차려입은 사람들이 관람대를 메웠을 때 재킷 없이 셔츠 소매를 내놓은 채 말 돌보는 사람의 지저분한 바지 차림으로 그 관람대 앞을 걸어본 적 없는 사내애들은…… 이런 말을 한들 뭐 하겠나? 그런 녀석들은 세상천지 아무것도 모른다. 뭐 기회가 있었어야지.

내게는 기회가 있었다. 버트는 말을 문질러 닦는 법과 경주 후에 붕대를 감아주는 법, 흥분한 말을 진정시키는 법을 비롯해 남자라면 알아둠직한 귀한 요령들을 내게 많이 가르쳐줬다. 버트가 말 다리에 감아준 붕대는 색만 맞았으면 거기까지 말가죽이라 생각할 만큼 미끈했다. 버트는 흑인만 아니었다면 대단한 기수가 되어 머피*나 월터 콕스 같은 사람들처럼 정상에 올랐을 거다.

* 19세기 말에 활동한 아프리카계 미국인 기수 아이작 번스 머피.

아이고야, 그때 참 재미있었지. 토요일이나 일요일쯤 카운티청이 있는 마을에 도착하면 다음 화요일에는 장터가 서서 금요일 오후까지 판이 벌어졌다. 닥터 프리츠는 화요일 오후쯤 2분 25초급 대각보* 경주에 나가고 목요일 오후에는 부세팔루스가 '자유 출전' 측대보* 경주에서 다른 놈들을 묵사발 내는 거다. 우리는 시간이 푸지게 남아서 여기저기 돌아다니며 말 얘기를 들었다. 그러다 깝죽대는 게 도를 넘은 잡배 몇 놈을 버트가 곤죽으로 만드는 걸 볼 수도 있었는데 그러는 동안 말과 사람에 관해 뭘 좀 알게 될 뿐 아니라 남은 평생 써먹을 걸 잔뜩 배우게 된다. 정신머리가 똑바로 박혀 있어 듣고 느끼고 본 바를 잘 간직해 둘 수 있을 때 얘기지만.

경주가 끝나고 해리도 말 보관소 사업을 관리하러 고향으로 간 주말이면 나는 버트와 함께 두 마리 말을

* 오른쪽 앞발과 왼쪽 뒷발이 동시에 움직이고, 왼쪽 앞발과 오른쪽 뒷발이 함께 움직이는 보법. 개, 소, 말 같은 가축들의 걸음걸이 방식이다.
* 오른쪽 앞발과 오른쪽 뒷발이, 왼쪽 앞발과 왼쪽 뒷발이 동시에 움직이는 걸음걸이. 호랑이나 들소 등의 야생동물들이 주로 측대보로 걷고 일반적인 말은 대각보로 걷지만, 경주용 말들은 훈련을 통해 측대보를 익힌다.

수레에 맨 다음 천천히 시골 땅을 지나 다음 대회가 열리는 곳으로 향했다. 그렇게 차분하게 이동해야 말이 흥분하지 않고 또 어쩌고 저쩐다나. 뭐, 알잖나.

아이고야, 하느님도 참 대단하시지. 쌈박한 히코리 나무와 너도밤나무와 참나무와 다른 갖은 나무들이 길을 따라 서 있는데 하나같이 갈색과 붉은색에 향기마저 좋았다. 버트는 〈깊은 강〉이라는 노래를 불렀고 시골 아가씨들은 집 창가에 있고 그랬다. 대학 따위는 아주 개나 주라지. 내가 세상살이를 어디서 배웠는지 알 것 같다니까.

자, 그렇게 가다 보면, 어디 보자, 토요일 오후쯤 무슨 버그니 하는 작은 마을에 닿는데 그런 데서 버트가 말한다. "여기서 쉬어가지." 그러면 그렇게 했다.

말들은 말 보관소로 데려가 먹이를 주고 우리는 상자에서 좋은 옷을 꺼내 입었다.

마을에 바글대는 농부들은 입을 헤벌리고 있었는데 우리가 경주마 다루는 사람이란 걸 알아서였다. 아이들은 생전 검둥이를 본 적이 없는지 우리 둘이 그 동네 중심가를 걸으면 겁을 집어먹고 도망쳤다.

금주법이니 뭐니 하는 갖은 바보짓이 시작되기 전

이었으므로 둘이서 술집에 들어가면 온갖 잡배들이 와서 알짱댔고, 개중에는 말이라면 자기가 좀 안다고 잘난 척을 하며 목청을 높여 질문을 해대는 사람이 꼭 있었다. 그러면 우리는 우리가 어떤 말을 데리고 있는지 최선을 다해 거짓말에 거짓말을 이어갔다. 내가 말 주인이라고 하면 누가 "위스키 한 잔 마시겠소?" 하고 물었고 버트가 재깍 "뭐, 그러지요, 한 모금 살짝 해서 나쁠 것 없으니. 1쿼트* 시켜 나눠 마십시다"라고 말해서 상대방 눈을 튀어나오게 했다. 아이고야.

그런데 하고 싶은 이야기는 이게 아니다. 우리는 11월 막바지에 고향에 돌아왔고 나는 경주마 돌보는 일을 깨끗이 그만두겠다고 엄마에게 약속했다. 세상 물정 모르는 엄마 때문에 되는 일이 없다.

아무튼, 우리 동네 일자리는 내가 경마 일을 하러 떠났을 때에 비해 조금도 늘지 않은 상태라 나는 선더스키로 갔다. 그 동네에서 우마牛馬 운수, 배달, 창고, 석탄, 부동산 사업을 하는 남자의 말을 돌보는 썩 괜

---

* 1쿼트는 약 0.95리터.

찮은 자리를 얻었다. 끼니를 잘 먹을 수 있고 일주일에 하루씩 쉬고 커다란 헛간의 간이침대에서 잘 수 있으니 조건은 꽤 괜찮았고, 두꺼비와 붙을 깜냥도 안 되는 커다랗고 그저 그런 저질마에게 건초와 귀리를 퍼주는 게 일의 대부분이었다. 나로선 불만스러울 게 없었고 집에 돈도 부칠 수 있었다.

하려던 이야기는 말이다, 그렇게 지내던 중 선더스키에서 가을 경마가 열려서 내가 그날 일을 빼먹고 그리로 갔단 거다. 나는 정오에 일터에서 나와 좋은 옷을 입고 바로 지난 토요일에 새로 사둔 갈색 중산모를 쓰고선 옷깃을 빳빳하게 세웠다.

일단은 읍내로 가서 멋을 낸 남자 놈들과 좀 돌아다녔다. '번듯하게 보여야 한다'고 늘 생각했으므로 그렇게 했다. 주머니에 40달러가 있어서 큰 호텔인 웨스트하우스에 들어가 시가 판매대로 갔다. "25센트짜리 시가 세 개비요." 말 주인과 조련사와 외지인, 한껏 차려입은 다른 마을 사람들이 로비와 바에 잔뜩 모여 어슬렁거렸고 나는 그 사이에 섞여들었다. 바에는 지팡이를 들고 윈저식으로 넥타이를 맨 놈이 있었는데 그 꼴을 보자니 구역질이 났다. 남자가 남자답게 차려

입는 건 좋다만 저런 식으로 허세를 부리는 건 좀 아니란 말이지. 그래서 그 자식을 조금은 거칠게 밀치고 위스키를 한 잔 주문했다. 그놈은 한번 깝죽대볼까 생각하는 양으로 내 쪽을 봤지만 마음을 바꿨는지 아무 말도 하지 않았다. 나는 그저 놈에게 뭔가를 보여줄 심산으로 위스키를 한 잔 더 마신 뒤 밖으로 나가 마차 한 대를 독차지해 경주하는 곳으로 갔다. 경마장에 도착해서는 관람대에서 내가 구할 수 있는 제일 좋은 좌석을 샀다. 그렇다고 박스석에 기웃대진 않았다. 그건 허세가 지나치니까.

그렇게 나는 양껏 깝죽대며 관람대에 올라앉아 말을 데리고 나오는 마필관리사들을 내려다봤다. 말 다룰 때 입는 지저분한 바지 차림에 어깨에는 말 담요를 둘러맨 모습이 내가 지난 일 년 내내 하고 다녔던 것과 똑같았다. 나는 한쪽이 다른 한쪽과 얼추 비슷하게 좋았다. 위에 앉아 벅찬 기분을 느끼는 것과 아래에서 잡배들을 올려다보며 더 벅찬 기분에 더 중요한 사람이 된 기분까지 느끼는 것. 이 일도 저 일도 대충 비슷하게 좋은 일이다. 자기가 잘만 받아들인다면 말이지. 나는 이 말을 자주 했다.

아무튼, 그날 관람대의 내 바로 앞자리에는 아가씨 두 명과 같이 온 친구가 있었다. 나이는 나랑 비슷해 보였다. 쌈박하니 괜찮은 젊은 친구였다. 대학에 갔다가 돌아와서는 변호사나 어쩌면 신문 편집인 같은 일을 할 법한 부류였지만 저밖에 모르는 인간은 아닌 듯했다. 그런 부류에도 간간이 괜찮은 사람이 있는 법이고 그 친구가 그랬다.

그 친구 옆에는 그의 누이와 다른 아가씨가 있었다. 누이가 그 친구의 어깨 너머로 주위를 둘러봤다. 처음에는 우연이었다. 무슨 일을 일으켜보자는 의도 같은 건 없었다. 그렇게 대할 만한 여자도 아니었고. 그런데 어쩌다 보니 그녀의 눈과 내 눈이 마주친 거다.

어땠는지 알 거다. 세상에, 어찌나 근사하던지! 그녀는 보드라운 파란색 원피스를 입고 있었는데 보기엔 대충 지은 듯하지만 바느질이 꼼꼼하고 만듦새가 좋은 옷이었다. 나도 그 정도는 알았다. 그녀가 나를 똑바로 보기에 나는 얼굴을 붉혔고 그녀도 그랬다. 내 평생 본 아가씨 중에 최고로 쌈박한 아가씨였다. 자기만 잘난 줄 아는 사람이 아니었고, 학교 선생같이 굴지 않고도 문법을 제대로 지켜서 말할 줄 알 것이었다. 그러니까 내 말은, 그 아가씨가 썩 괜찮았단 거다. 아버지가 부유할 듯했지만 어떤 사람들이 그러듯 그런 아버지의 딸이란 이유만으로 거들먹댈 만큼 부자는 아닌 모양이었다. 아마 고향에서 잡화점이나 직물점, 뭐 그런 걸 하지 않을까. 물론 그녀는 내게 결코 이런 말을 하지 않았고 나도 결코 묻지 않았다.

사실 내 가족도 따져보면 다들 괜찮았다. 할아버지는 웨일스 사람인데 저기 고국 웨일스에서는 할아버지도…… 아니, 이런 데는 신경 쓸 것 없다.

첫 경주의 첫 라운드가 착착 흘러갔고 아가씨 둘과 같이 있던 그 젊은 친구는 돈을 걸기 위해 두 사람을 두고 자리에서 내려갔다. 그가 뭘 하려는지 나는 알았지만, 그는 어떤 사람들이 그러듯 큰소리를 치고 소란을 피우며 자기가 얼마나 호쾌한 사람인지를 광고하지 않았다. 그런 부류가 아니었다. 아무튼, 그 친구는 자리로 돌아왔고, 어떤 말에 돈을 걸었는지 두 아가씨에게 말하는 그의 말소리가 내 귀에 들어왔다. 라운드가 개시되자 그들은 다들 자리에서 반쯤 일어났다. 손에 땀을 쥐고 열을 올리는 모습이 경주에 돈을 걸어놓고는 돈을 건 말이 막판에 아슬아슬하게 따라붙는 걸 보고 순간 기세를 올려 치고 나올 수도 있겠다고 기대하는 모양이었다. 애초에 기력이 달리는 말이라 그렇게 치고 나오는 일은 절대 없으리란 게 문제였지만.

그리고 얼마 안 가서 2분 18초급 측대보 경주에서 달릴 말들이 나오는데 내가 아는 말이 보였다. 밥 프렌치가 부리지만 주인은 밥이 아닌 말. 저기 오하이오 매리에타에 사는 메이더스 씨가 소유한 말이었다.

이 메이더스 씨란 사람은 돈이 쌔고 쌨고 석탄 광산인가 뭔가를 갖고 있는 데다 전원에 멋들어진 집도 있었다. 경주마에 푹 빠져 있었지만 장로교인가 뭔가를 믿었다. 내 생각엔 분명 그의 아내도 마찬가지일 거였고 어쩌면 메이더스 씨보다 부인이 더 꼬장꼬장한 신자일 수도 있었다. 그래서 메이더스 씨는 절대로 직접 말을 출전시키지 않았다. 오하이오 경마장에 나도는 소문에 따르면 자기 말이 경주에 나갈 꼴을 갖췄을 때 밥 프렌치에게 내주고 아내 앞에서는 말을 판 것처럼 굴었단다.

그렇게 해서 밥이 메이더스 씨의 말들을 맡았고 일은 대체로 자기 내키는 대로 했다. 밥을 나무랄 수는 없다. 적어도 나는 밥을 탓한 적 없다. 밥은 가끔은 이 겼고 가끔은 못 이겼다. 나는 말을 관리할 때도 늘 그 런 데는 별로 관심이 없었다. 내가 주목했던 건 내가 맡은 말이 속도를 낼 수 있는지, 사람이 원할 때 선두 로 나설 줄 아는지였다.

얘기하고 있다시피 밥은 이번 경주에 메이더스 씨 의 말을 한 필 데리고 나왔다. 이름은 '어바웃벤어헴' 인가 뭔가 그랬고 한 줄기 빛처럼 날랬다. 거세마였고 기록은 2분 21초였지만 2분 8초나 9초 만에 들어올 수도 있었다.

앞서 말했듯 지난해에는 버트와 내가 고향을 떠나 있었으니 메이더스 씨 밑에서는 버트가 아는 검둥이 한 명이 일하고 있었다. 우리는 매리에타 장터에서 경 주도 안 열리고 우리를 고용한 해리도 집에 가고 없던 어느 날 그곳에 갔던 적이 있다.

그 검둥이 하나만 빼고 그 집 사람들 모두가 장터 에 갔던지라 그는 우리에게 메이더스 씨의 멋들어진 집을 구경시켜줬다. 메이더스 씨가 아내 몰래 침실 옷 장 뒤에 숨겨둔 와인 한 병을 버트와 같이 따기도 했 고 '어헴' 어쩌고 하는 말도 보여줬다. 버트는 기수가 되고 싶은 마음이야 늘 굴뚝같았지만 검둥이 신세라 그렇게 위로 올라갈 기회가 많지 않았다. 버트와 다른 검둥이는 와인 한 병을 싹 털어 마시고 살짝 취기가 올랐다.

그래서 다른 검둥이는 버트가 어바웃벤어헴을 타고 메이더스 씨가 그곳 농장에서 전용으로 쓰는 경주로를 1.6킬로미터쯤 돌게 해줬다. 메이더스 씨에게는 유일한 자식으로 몸이 골골대고 외모도 시원찮은 딸이 하나 있었는데, 그 딸이 집에 오는 바람에 우리는 황급히 어바웃벤어헴을 헛간으로 밀어넣어야 했다.

이게 다 일의 전말을 똑똑히 전하려고 하는 얘기다. 내가 선더스키에서 장터에 갔던 그날 오후, 아가씨 둘과 같이 온 젊은 친구는 여자들 앞에서 돈을 잃어서 속을 끓였다. 남자들이 좀 그렇지 않나. 아가씨 한 명은 그의 애인이었고 다른 한 명은 누이였다. 내가 진작 알아낸 사실이었다.

'아이고야, 저 친구한테 정보 좀 줘야겠다' 하고 나는 생각했다.

내가 어깨를 건드렸을 때 그 친구의 반응은 무진장

쌈박했다. 그 친구와 아가씨들은 맨 처음부터 맨 마지막까지 내게 친절했다. 그들을 탓하진 않는다.

몸을 뒤로 젖힌 그 친구에게 나는 어바웃벤어헴에 관한 정보를 줬다. "지금은 첫 라운드니까 녀석한테 동전 한 푼 걸지 말아요. 쟁기 채운 소처럼 달릴 테니까. 그러다 첫 라운드가 끝나면 바로 내려가서 돈을 두둑이 거는 겁니다." 이렇게 일러줬다 이거다.

아니 글쎄, 사람 대하는 게 그렇게 멋들어진 친구는 처음 봤다. 그때까지 날 두 번 바라본 여자이자 내가 바라본 여자, 그리고 서로 볼을 붉힌 아가씨 옆에는 어떤 뚱뚱한 남자가 앉아 있었다. 그런데 그 친구가 어쨌냐면, 배짱도 좋게 뚱뚱한 남자 쪽을 보며 내가 자기 일행과 같이 앉을 수 있도록 자리를 바꿔달라 부탁하지 뭔가.

아이고야, 이 무슨 개똥 같은 꼴인지. 나 좀 봐라. 이런 멍청이가 있을까. 굳이 웨스트하우스 호텔 바에 가서 그렇게 깝죽대고, 또 그 멋깨나 부린 놈이 지팡이를 들고 넥타이를 그렇게 맨 채 서 있단 이유만으로 어쩔 줄 몰라서는 폼이나 잡아보겠다고 그놈의 위스키를 마시다니.

나는 바보다

아가씨는 당연히 알아차릴 거다. 내가 바로 옆에 앉아서 숨을 내쉴 때마다 냄새를 풍길 테니까. 내가 자리를 박차고 내려가 경주로를 쭉 돌면 그해에 출전한 어지간한 저질마보다 빠른 기록을 세울 수도 있을 성싶었다.

이 아가씨는 여느 잡스러운 아가씨들과는 다르지 않은가. 그 순간만큼은 씹을 수 있는 한 토막 껌, 아니면 약용 사탕이나 감초 사탕 같은 걸 구할 수만 있다면 무엇이든 내놓을 수 있었다. 주머니에 25센트짜리 시가가 있었기에 그나마 다행이었지. 나는 얼른 그 친구에게 시가를 한 개비 건네고 나도 한 개비에 불을 붙였다. 뚱뚱한 남자가 일어나 자리를 바꿔줬다. 그렇게 해서 나는 그 아가씨 바로 옆자리에 털썩 앉게 되었다.

그 사람들이 자신들을 소개했다. 그 친구와 같이 있는 애인인 엘리너 우드버리 양은 아버지가 오하이오 티핀에서 드럼통 생산하는 일을 했다. 그 친구 본인의 이름은 윌버 웨슨이고 누이는 루시 웨슨 양이었다.

그 사람들 이름이 그렇게 멋들어졌던 탓에 내가 그렇게 터무니없는 짓을 했나 싶다. 경주마와 지내는 마필관리사라고 해서, 아니면 우마 운수와 배달과 창고 사업을 하는 남자 밑에서 말 돌보는 일을 하는 사내라고 해서 다른 누구보다 잘난 것도, 못난 것도 아닌데. 나는 자주 이렇게 생각했고 말로도 뱉었다.

하지만 사내놈이 그렇지 않나. 그렇게 쌈박한 옷에는, 아가씨의 그렇게 친절한 눈에는 뭔가가 있었다. 아가씨가 조금 전에 오빠의 어깨 너머로 나를 그렇게 바라봤고 나도 아가씨에게 시선을 돌려주면서 둘 다 얼굴을 붉힌 것도 그렇고.

그런 아가씨를 맹추로 보이게 해선 안 되었다. 안 그런가?

그래서 내가 바보짓을 했다. 저질러버렸다 이거다. 나는 오하이오 매리에타에서 온 월터 메이더스라고 날 소개하고는 세 사람에게 어디서도 듣지 못할 기막힌 거짓말을 했다. 내가 뭐라고 했냐면, 아버지가 저 어바웃벤어헴이란 말 주인인데 우리 가족은 체면 때문에 이런 식으로는, 그러니까 우리 이름으로는 경주에 절대 출전하지 않아서 밥 프렌치란 사람에게 경주용으로 녀석을 빌려준다고 했다. 그렇게 나는 발동이 걸렸고 그들은 모두 내 쪽으로 몸을 기울인 채 열심히 이야기를 들었다. 루시 웨슨 양의 눈이 반짝거렸고 나는 아주 그냥 끝까지 내달렸다.

매리에타에 있는 우리 집, 커다란 마구간과 오하이오강이 내려다보이는 언덕 위 웅장한 벽돌집 이야기를 했지만 나도 자랑하듯 떠벌려서는 안 된다는 걸 알 정도의 양식은 있었다. 내가 어떻게 했냐면, 일단 운만 떼고 나머지 이야기는 그 사람들이 끌어내게 했다. 될 수 있는 한 말을 주저하는 것처럼 연기했다. 우리 가족은 드럼통 공장을 갖고 있지 않았고 내가 알기론 사는 내내 가난했지만 그렇다고 누구에게 손 벌리고 살진 않았다. 그리고 할아버지는 저기 웨일스에서…… 아니, 신경 쓸 것 없다.

우리는 거기 앉아 오랫동안 알고 지내온 사이처럼 이야기를 나눴다. 나는 아버지가 밥 프렌치한테 꿍꿍이셈이 있는지도 모른다고 생각하셔서 알아낼 수 있는 한 사정을 알아보라고 나를 선더스키로 보냈다는 말도 해버렸다.

그러고는 2분 18초급 측대보 경주에 대해서라면 빠삭하게 안다고 허세를 부렸다. 어바웃벤어헴이 출발하려는 경주였다.

나는 녀석이 첫 라운드에서는 발을 저는 소처럼 어정거리다 지겠지만 돌아와서는 다른 말들에게 본때를 보여줄 거라고 했다. 그러고는 내가 한 말을 증명할 요량으로 주머니에서 30달러를 꺼내 윌버 웨슨에게 건네며 부탁했다. 번거롭겠지만 첫 라운드가 끝나면 내려가서 배당률이 얼마든 어바웃벤어헴에게 그 돈을 걸어달라고. 내가 뭐라고 했냐면, 밥 프렌치나 마필관리사들 눈에 띄고 싶지 않다고 했다.

역시나 첫 라운드는 생각대로 흘러갔다. 어바웃벤어헴은 결승선까지 한참이나 남았는데도 비실비실 걷기 시작하더니 목마나 병든 말 같은 꼴을 하고 꼴찌로 들어왔다. 윌버 웨슨은 관람대 아래 마권 사는 곳으로 내려갔고 나는 두 아가씨와 같이 있었다. 그러다 우드버리 양이 한번 다른 쪽을 볼 때 루시 웨슨이 살짝, 왜 있잖나, 자기 어깨로 나를 살짝 건드렸다. 퍽 밀치는 거 말고. 여자가 하는 그거 있잖나. 가까이 다가오면서도 출렁대지 않는. 어쩐다는 건지 알 거다. 아이고야.

그랬는데 이 사람들 때문에 가슴이 철렁했다. 이 사람들이 나 모르게 뭘 했냐면, 자기들끼리 뜻을 맞춰

서는 월버 웨슨은 50달러를 걸기로 하고 두 아가씨도 각자 자기 돈으로 10달러씩을 건 것이었다. 그때는 속이 다 울렁거렸다. 나중에는 더 울렁거렸지만.

그 거세마 어바웃벤어헴, 그리고 이 사람들이 돈을 따냐는 문제, 그런 건 크게 걱정스럽지 않았다. 결과는 괜찮았다. 어헴은 다음 세 라운드에서 상한 달걀 한 바구니를 상태가 탄로 나기 전에 시장에 내놓으려는 모양새로 달렸고 월버 웨슨은 2달러당 9달러를 땄다. 나를 갉아먹은 건 다른 문제였다.

돈을 걸고 돌아온 월버는 자기 시간을 우드버리 양과 대화하는 데 거의 다 썼으므로 루시 웨슨과 나는 무인도에 있는 것처럼 둘이서만 덜렁 남겨졌다. 아이고, 내가 처음부터 정직하게 굴었더라면, 하다못해 나를 다시 정직하게 설명할 길이 있었더라면. 내가 루시와 일행에게 말한 월터 메이더스란 인간은 세상에 없었다. 아예 있었던 적이 없는 사람이지만, 설사 있대도 다 걸고 말하는데 내가 다음 날 오하이오 매리에타로 가서 쏴버릴 작정이었다.

내 꼴이 그랬다. 그야말로 왕맹추였다. 경주는 얼마 안 가 끝났고 내려가 있던 월버가 우리가 딴 돈을 가져 왔다. 우리는 마차를 타고 읍내로 갔고 월버가 웨스트하우스에서 샴페인 한 병을 곁들인 멋들어진 저녁을 샀다.

나는 그 아가씨와 있었다. 그녀는 별로 말이 없었고 나도 별말을 하지 않았다. 한 가지는 알았다. 내 아버지가 부자라느니 하는 거짓말 때문에 그 아가씨가 내게 빠진 게 아니라는 것. 왜, 그럴 때 있잖나……. 이 무슨 개똥 같은 일인지. 그런 여자가 있다. 일생에 딱 한 번 만나게 되는, 부지런히 움직여 기회를 붙잡지 않으면 영영 놓치고 마는, 그렇게 놓칠 바엔 차라리 다리에서 뛰어내리는 게 낫다 싶은 여자. 그런 여자는 내면 어딘가에서부터 나온 눈길을 건넨다. 교태를 부리는 거랑은 다른데 무슨 말이냐면…… 그 아가씨를 아내로 맞고 싶고, 꽃과 멋들어진 옷가지 같은 쌈박한 걸로 휘감아주고 싶고, 그 아가씨가 내 아이를 가졌으면 싶고, 래그타임* 말고 좋은 노래를 듣게 해주고 싶어지는 그런 거다. 아이고야.

선더스키 근처에서 무슨 만(灣) 같은 걸 건너면 나오

* 19세기 후반부터 20세기 초까지 미국 남부의 흑인 사회에서 유행했던 춤곡.

는 곳이 있는데 이름은 시더포인트다. 저녁식사를 마친 우리는 우리끼리 배를 타고 그리로 넘어갔다. 윌버와 루시 양 그리고 우드버리 양은 오하이오 티핀으로 돌아가는 열 시 기차를 타야 했다. 그런 아가씨들과 외출했다면 아무 여자하고 있을 때처럼 헐렁하게 기차를 놓치고 밖에서 밤을 보낼 수는 없는 법이다.

윌버는 통 크게 배를 빌리며 현금 15달러를 냈는데 나로선 귀를 기울이지 않았다면 영영 몰랐을 사실이었다. 윌버는 요란하게 생색을 내는 부류가 아니었다.

시더포인트란 곳으로 넘어가서는 결코 소떼 같은 서민 패거리 옆에서 미적대지 않았다.

그곳에는 잡배들이 가는 큰 무도장과 식당이 있었고, 산책하다 보면 어둑한 곳이 나오는 해변도 있었다. 우리는 해변으로 갔다.

루시는 말이 거의 없었고 나도 그랬다. 나는 어머니가 괜찮은 사람이라 식탁에서는 포크로 음식을 먹도록, 수프는 들입다 마시지 않도록, 경마장에서 보이는 패거리처럼 소란스럽고 우악스럽게 굴지 않도록 나와 다른 형제들을 가르친 게 다행이라 생각하고 있었다.

윌버와 그의 애인은 해변을 따라 어디론가 가버렸

고 루시와 나는 캄캄한 데에 앉았다. 물에 쓸려온 늙은 나무뿌리가 있는 곳이었다. 그때부터 배를 타고 돌아가 이 사람들이 기차를 타기까지의 시간은 어디 갔나 모르겠다. 눈 감았다 뜬 것처럼 지나갔다.

어땠냐면 말이다. 우리가 앉아 있던 곳은 말했다시피 캄캄했고 오래된 그루터기에서 뿌리들이 팔뚝처럼 불거져 있었다. 물 냄새가 풍겼다. 그 밤은 꼭…… 손을 뻗으면 느껴질 것처럼 너무나 따뜻하고 부드럽고 캄캄하고 오렌지처럼 달콤했다.

나는 거의 울 뻔했고 욕을 뱉을 뻔했고 벌떡 일어나 춤출 뻔했다. 너무 화가 나고 행복하고 슬펐다.

윌버가 자기 애인과 단둘이 있다가 돌아오는 걸 본 루시가 말했다. "이제 기차를 타러 가야 해요." 루시도 울기 직전이었지만 내가 아는 사실은 전혀 몰랐으니 그다지 속상하진 않았을 거다. 그리고 나서 윌버와 우드버리 양이 우리가 있는 곳까지 오기 전에 루시는 얼굴을 들어 내게 얼른 입을 맞추고는 머리를 기대어 왔다. 루시는 온몸을 바르르 떨고 있었다. 아이고야.

어떨 땐 내가 암에 걸려 죽었으면 싶다. 무슨 말인

지 알 거다. 우리는 배를 타고 만을 건너 기차로 갔다. 거기도 어두웠다. 루시가 속삭이는 목소리로, 자기와 나는 배에서 내려도 물 위를 걸을 수 있을 것 같다고 했다. 바보 같은 말이었지만 무슨 의미인지 알았다.

그러고는 순식간에 역에 도착하고 말았다. 장터에 다닐 법한 잡배들이 왕창 모여서 소떼처럼 바글바글 어슬렁거리고 있었다. 내가 루시에게 뭐라 말할 수 있었겠는가? "금방 또 연이 닿겠죠. 당신도 편지를 쓰고 나도 편지를 쓸 거니까요." 루시의 말은 그게 다였다.

내가 얻은 기회란 불타는 건초 헛간 같은 것이었다. 참 좋은 기회였지.

그후 루시가 저기 매리에타로 내게 편지를 썼을 수도 있겠다. 그럼 편지는 도로 돌아갔겠지. 앞에는 "그런 사람 눈 씻고 찾아봐도 없수다" 같은 말과 함께 정부 소인이 찍혀 있었을 테고. 뭐, 편지에 찍는 그런 도장 있지 않나.

내가 지체 높고 멋들어진 사람 행세를 하려 했다니. 그것도 신이 여태 만드신 그 무엇보다도 그럴싸한 자태의 여자 앞에서. 무슨 개똥 같은 짓거리였을까. 참 좋은 기회였는데!

기차가 들어오자 루시는 차에 올랐다. 윌버 웨슨이 내게 다가와 악수했고, 우드버리 양 역시 친절하게도 고개 숙여 인사해주기에 나도 그녀에게 고개를 숙였다. 기차가 출발하자마자 나는 냅다 달려나와 어린애처럼 울었다.

아이고, 내가 그 열차를 쫓아 달렸다면 댄패치*는 사고 난 화물 열차로 보였을 것이다. 에이, 이런 양말짝 같은, 그래 봤자 무슨 소용이었겠나? 이런 바보 본 적 있나?

다 걸고 말하는데, 당장 팔이 부러지거나 기차가 내 발을 뭉개고 지나간다 해도 병원엔 얼씬도 안 할 거다. 그대로 앉아서 아파하고 아파해야지. 그렇게 할 거다.

다 걸고 말하는데, 그 술을 안 마셨으면 그런 거짓말을 하는 맹추 짓은 절대 안 했을 거다. 그런 소리가 루시 같은 숙녀에게 통할 리가 없으니.

넥타이를 윈저식으로 매고 지팡이를 들었던 그놈이 여기 있으면 좋겠다. 아주 흠씬 두들겨 패줄 테다.

---

* 20세기 초 미국에서 이름을 날렸던 경주마.

망할 눈깔 같으니. 그놈은 왕바보다. 그런 놈이다.

그리고 나 역시 그런 놈이 아니라면 그냥 그런 바보를 하나 찾아서 데려와라. 그럼 나는 일을 관두고 놈팡이로 살면서 그놈한테 내 일자리를 줄 거다. 일 따위, 밥벌이 따위, 저축 따위 나 같은 맹추에겐 아무래도 좋다 이거다.

슬픈 나팔수들

월 가족에게는 재앙 같았던 한 해였다. 애플턴 일가는 비드웰의 어느 외진 거리에 살았고 월의 아버지는 주택 도장공이었다. 2월 초, 땅에 눈이 높이 쌓여 있고 차가운 바람이 매섭게 집집을 휘감던 때 월의 어머니가 돌연 세상을 떠났다. 당시 열일곱 살이었던 월은 나이에 비해 덩치가 큰 사내아이였다.

어머니의 죽음은 예고도 없이 갑작스레 닥쳤다. 어느 여름날 후덥지근한 방에서 꾸벅꾸벅 졸던 사람이 손으로 파리를 잡는 것처럼. 2월 어느 날 어머니는 뒷마당에 걸어놓은 줄에 빨래를 널고 애플턴 일가의 집 부엌문으로 들어와 퍼런 핏줄이 도드라져 보이는 길쭉한 손을 레인지에 대고 녹였다. 이어서 보일락 말락

한 예의 수줍은 미소를 머금고 아이들 쪽을 둘러봤다. 그게 세 아이가 그때까지 익히 봐왔던 어머니의 모습이었는데, 고작 일주일 만에 어머니는 싸늘한 주검으로 관에 누워 가족 사이에서 '다른 방'이라는 모호한 이름으로 불리는 곳에 놓였다.

그후 여름이 오고 가족들이 새로운 상태에 적응하려 애쓰고 있을 때 또 한 번 재앙이 닥쳤다. 그 일이 일어나기 직전까지 주택 도장공 톰 애플턴은 성업을 기대하고 있었다. 그해에는 두 아들 프레드와 윌이 조수가 되어줄 것이었다.

프레드는 아직 열다섯 살밖에 안 되긴 했지만 무슨 작업을 하든 빠릿빠릿하게 거드는 쪽은 거의 항상 프레드였다. 예를 들어 도배를 해야 한다거나 하면 녀석이 중간중간 아버지에게 핀잔을 받아가며 접착제를 펴 발랐다.

톰 애플턴은 발판 사다리에서 폴짝 내려와 벽지를 펼쳐놓은 기다란 판으로 달려갔다. 조수 둘을 데리고 일하는 기분이 썩 좋았다. 왜 있잖나, 어떤 곳의 대장이라는 느낌, 일을 주관한다는 느낌. 톰은 프레드의 손에서 접착제 붓을 잡아채고는 외쳤다. "접착제 아끼지 마. 이렇게 치덕치덕 바르란 말이야. 넓게 펴 바르라고. 자, 가장자리까지 꼼꼼하게 채워라."

3월과 4월에 집 벽지를 바르는 일은 따뜻하고 편안하고 즐겁기만 했다. 밖이 쌀쌀하거나 비가 내려도 새로 짓는 집에는 난로가 마련되어 있었고 이미 사람이 사는 집에서는 도배할 방을 비워주면서 바닥 카펫 위에 신문지를 깔고 방에 남겨둔 가구에 천을 덮어놓았다. 밖에서 비가 오거나 눈이 내려도 안은 따뜻하고 아늑했다.

당시 애플턴 일가는 어머니의 죽음이 가족을 더 끈끈하게 해준 것 같았다. 월과 프레드 둘 다 그렇게 느꼈다. 더 의식적으로 생각한 쪽은 월이었겠지만. 가계에는 구멍이 나 있었다. 어머니 장례를 치르는 데 돈이 적잖이 들어서 프레드는 학교에 가지 않아도 좋다는 허락을 받았다. 프레드에게는 반가운 얘기였다. 아이들이 있는 집에서 일할 때, 오후 늦게 학교에서 귀가한 아이들이 문 안쪽을 들여다보면 프레드가 벽지에 접착제를 펴 바르고 있었다. 프레드는 붓으로 치덕치덕 소리를 내면서 아이들 쪽으로는 시선을 주지 않았다. '어이구, 애들은 가라'라고 생각했다. 자기는 지금 어른의 일을 하고 있으니. 윌 형과 아버지는 발판 사다리에 올라가서 천장과 벽에 벽지를 조심조심 맞춰 붙였다. "거기서 봐도 똑바로 붙었냐?"라고 아버지가 날카롭게 물으면 윌이 "조오아요. 계속하세요"라고 대답했다. 벽지가 제자리를 찾으면 프레드가 달려가서 조그만 나무 롤러로 겹친 부분을 폈다. 그 집 애들이 어찌나 부러워하던지. 저런 애들이 지금 프레드처럼 학교에 안 가고 어른의 일을 하려면 시간이 한참 지나야 할 것이었다.

저녁에 집으로 걸어가는 것도 즐거웠다. 윌과 프레드가 받은 흰색 오버올* 작업복은 말라붙은 접착제와 페인트 얼룩으로 덮여 정말이지 전문가다워 보였다. 둘은 작업복을 벗지 않은 채 그 위에 외투를 걸쳤다. 손도 접착제 때문에 뻣뻣했다. 마을의 중심가에는 불이 밝혀져 있었고 지나가던 다른 남자들이 톰 애플턴을 불렀다. 톰은 읍내에서 토니로 통했다. "안녕하신가, 토니!" 가게 주인이 외쳤다. 아버지가 점잖지 못한 게 좀 안타깝다고 윌은 생각했다. 너무 애처럼 굴

---

* 위아래가 한데 붙은 작업복으로 막일을 할 때 입는다.

지 않나. 어느샌가 자라서 어른이 되어가는 소년들은 나잇값도 못 하고 애처럼 구는 아버지를 좋게 보지 않는다. 톰 애플턴은 비드웰 실버 코넷* 악단에서 코넷을 연주했는데 실력은 별로였다. 솔로 파트라도 조금 주어지면 연주를 엉망으로 만들었다. 하지만 악단에 있는 다른 사람들에게 워낙 호감을 사놓은 터라 그에게 뭐라고 하는 사람은 없었다. 게다가 음악 이야기, 코넷 연주자의 입술 이야기를 어찌나 유창하게 해댔던지 다들 톰을 괜찮게 생각했다. "그 사람은 교육을 잘 받았어. 진짜로, 토니 애플턴은 아는 게 많다니까. 똑똑한 친구야." 악단 사람들끼리는 이런 이야기를 하는 게 일상이었다.

'젠장할! 나이를 먹을 만큼 먹었으면 어른답게 굴어야지. 아내가 죽은 지 얼마 안 됐으면 중심가를 지나갈 때만이라도 점잖게 행동해야 할 거 아냐. 당분간이라도 말이야.'

톰 애플턴은 길에서 지나치는 남자들에게 무시로 눈을 찡긋거렸고 그건 꼭 이런 의미를 전하려는 행동

---

* 금관악기의 일종으로 트럼펫과 비슷하나 트럼펫보다 크기가 작고 음색이 부드럽다.

같았다. '그래, 지금은 애들이랑 같이 있으니까 아무 말 안 하겠지만 우리 지난 수요일 밤에 죽여주게 재밌었지? 입 꾹 닫고 있어, 친구. 전부 우리끼리만 알고 있자고. 다음에도 같이 즐길 시간이 있을 거야. 그땐 아주 고삐 풀고 달리자고, 무조건 말야. 다음번에 둘이 같이 놀 때.'

월은 자신도 정확히 이해할 수 없는 어떤 이유로 슬슬 화가 치밀었다. 아버지는 제이크 만의 정육점 앞에서 걸음을 멈췄다. "너희는 곧장 집에 가거라. 케이트한테는 내가 스테이크 고기 사 간다고 하고. 아빠도 바로 따라갈게." 톰이 말했다.

톰은 스테이크 고기를 산 다음 앨프 가이거네 술집에 들어가 독한 위스키를 한 잔 맛나게 마실 것이다. 이따 집에 가도 입에서 술 냄새 풍긴다고 눈총 줄 사람이 없으니까. 톰이 술을 걸치려 할 때 아내가 뭐라고 한 적은 한 번도 없었지만, 집에 여자가 있으면 남자로선 좀 그런 게 있다. "아니, 이거 빌대드 스미스 아니야. 전에 다친 다리는 어때? 이리 와, 같이 조금만 마시자고. 지난번 밤에 중심가에서 했던 악단 모임에는 왔었어? 새로 하는 빠른 곡 들었나? 그거 아주

기똥차단 말야. 터키 화이트가 연주한 트롬본 솔로가 그야말로 일품이었어."

프레드와 함께 중심가에서 벗어난 윌은 외투 주머니에서 손잡이가 구부러진 작은 파이프를 꺼내 불을 붙였다. "장담하는데 천장 벽지는 아버지가 현장에 없어도 너끈히 바를 수 있어. 누가 나한테 일을 맡겨만 주면 되는데." 윌이 말했다. 품위 없는 모습으로 자기 체면을 구겨놓을 아버지가 옆에 없으니 편안하고 행복했다. 게다가 눈치 볼 필요 없이 파이프 담배를 피울 수 있다는 것도 대단한 일이었다. 살아 계실 적 어머니는 저녁에 귀가하는 아들에게 늘 입을 맞춰줬으므로 그때는 뭘 피울 때 조심하고 또 조심해야 했다. 지금은 달랐다. 남자가 됐고, 어른이 되었음을 책임과 더불어 받아들였다. "그러면 속 안 울렁거려?" 프레드가 물었다. "뭐래, 전혀!" 윌이 거들먹거리며 대꾸했다.

가족에게 새로운 재앙이 닥친 건 8월 막바지였다. 가을 작업을 앞둔 시기였고 일감 전망도 좋았다. 보석상 A. P. 리글리가 한 해 전에 사둔 농장 땅에 집과 헛간을 새로 크게 지어올린 참이었다. 위치는 마을에서

1.6킬로미터쯤 나가면 있는 터너파이크였다.

그 일만 맡으면 애플턴 일가는 겨우내 걱정이 없을 것이었다. 집 외벽은 페인트를 세 번 칠해야 했고 실내 작업도 많이 필요한 데다 헛간 역시 두 번 칠해야 했다. 두 소년도 아버지와 같이 일하며 때마다 보수를 받을 것이었다.

그 집 실내에서 하게 될 작업을 생각만 해도 톰 애플턴은 군침이 돌았다. 그는 시도 때도 없이 일 타령을 했고, 저녁마다 자기네 집 앞마당 의자에 앉아 이웃 몇몇을 불러서는 그에 관한 이야기를 늘어놓았다. 주택 도장공의 전문 용어를 얼마나 남발하던지! 나뭇결무늬를 찍어서 문짝과 찬장은 오래된 참나무처럼, 대문은 물결무늬 단풍나무처럼 보이게 할 것이었고 또 어딘가에는 흑호두나무 느낌도 낼 것이었다. 뭐, 온갖 나무의 느낌을 톰만큼 흉내 낼 수 있는 도장공이 마을에 또 없기는 했다. 톰에게는 나무만 보여주면 되었다. 아니, 말만 해줘도 되었다. 아무것도 안 보여줘도 상관없었다. 원하는 걸 말씀만 하시라. 그거면 끝이었다. 알맞은 공구를 갖춰야 하는 건 사실이었지만 공구만 챙겨줬으면 일은 전부 톰에게 맡기고 자리를 뜨면 되었다. 굉장하지 않은가! A. P. 리글리가 톰에게 새집 일을 맡겼을 때 톰은 자신이 이 일에 통달한 전문가라는 걸 보여줬다.

현실적으로 봐도 리글리네 일거리가 곧 무탈한 겨울을 의미한다는 건 가족 모두가 알았다. 계약 도면으로 일을 받을 때와 같은 어림셈은 일절 없었다. 모든 작업에 그날그날 일당이 지불되고 아이들도 각자 몫의 보수를 받을 것이었다. 아이들에게 새 옷이 생기고 케이트에게는 새 옷에 어쩌면 모자까지 생기며 겨울을 날 집세가 해결되고 식료품 저장실에는 감자가 있으리라는 의미였다. 즉 무사함을 의미했다. 진실이 그랬다.

저녁이 되면 톰은 이따금 공구를 꺼내 살펴봤다. 붓과 나뭇결 롤러를 식탁에 주르르 벌여놓으면 케이트와 남자아이들이 모였다. 붓이 모두 깨끗한지 확인하는 일은 프레드 몫이었고 톰은 그걸 하나씩 손가락으로 훑고는 손바닥에 얹어 앞뒤로 뒤적거렸다. "이건 낙타 털이야"라고 말하며 모가 곱고 보드라운 붓을 집어 윌에게 건넸다. "4달러 80센트 주고 장만했지." 윌도 아버지가 했던 것처럼 붓을 손바닥 위에서 뒤적거렸고 그러고 나면 케이트가 붓을 집어 똑같이 했다. "고양이 등처럼 보드라워요." 케이트가 말했다. 우스운 소리라고 윌은 생각했다. 윌은 언젠가 자기만의 붓과 사다리와 통을 갖고 사람들 앞에서 뽐내게 될 날을 고대했고, 머릿속에서는 아버지한테서 얻어들은 말들이 돌아다녔다. 붓을 '눕힌다'느니 '세운다'느니, 광택제를 바를 때는 '흐르게' 해야 한다느니. 윌은 이제 업계 용어라면 모르는 게 없었으니 주택 도장 허드렛일이나 가끔 하는 허접한 부류처럼 말할 이유가 없었다.

운명의 그날 저녁에는 바드셰어 부부를 위한 깜짝 파티가 열렸다. 애플턴네 집에서 바로 길만 건너면 있는 파이어티힐에 사는 부부였다. 톰 애플턴에게 그 파티는 기회였다. 그는 그런 자리가 있을 때마다 자기가 꼭 준비 과정에 끼어들려고 했다. "그래, 뻑적지근하게 보여줘야지. 그 집 사람들은 앉아서 저녁을 먹고 있을 거야. 빌 바드셰어는 양말 신은 발이고 바드셰어 부인은 설거지하고. 그 사람들이 아무 기대 안 하고 있을 때 일요일에 입는 좋은 옷을 싹 차려입고 슥 나타나서 왁 소리가 나게 해주는 거야. 코넷을 가져가서 그놈도 우렁차게 불어주고. '이게 다 무슨 난리냐?' 싶겠지. 빌 바드셰어가 벌떡 일어나 욕을 뱉는 모습이 눈에 선하군. 핼러윈 때처럼 자길 귀찮게 하려고 온 꼬맹이 군단쯤으로 생각하면서 말이야. 일단 식사를 한 후, 집에서 커피를 만들어가지고 따끈따끈하게 내놓겠어. 주전자를 큼직한 거로 두 개 구해서 왕창 끓여야지."

애플턴네 집에서는 모두가 분주했다. 톰과 윌과 프레드는 마을에서 4.8킬로미터 떨어진 헛간을 칠하고 있었는데 네 시에 작업을 중단한 후 톰이 농부 아들에게 부탁한 마차를 얻어타고 마을로 돌아왔다. 톰은 얼른 세수도 하고 장작 창고의 욕조에서 목욕도 한 다음 면도까지 해치워야 했다. 일요일에 하듯이. 때 빼고 광낸 톰은 성인 남자라기보다는 소년에 가까워 보였다.

저녁은 먹어야 하므로 애플턴 가족은 여섯 시가 조금 넘었을 때 후루룩 식사를 마쳤다. 톰은 해가 지기 전까지는 절대 집 밖으로 나가지 않을 생각이었다. 그렇게 작정하고 꾸민 모습을 바드셰어 부부에게 보여서 좋을 게 없었다. 그날은 두 사람의 결혼기념일이었으니 무언가 일이 벌어질 거라고 예상하고 있을지도 몰랐다. 톰은 집 안을 서성이며 이따금 앞쪽 창문으로 바드셰어네 집을 내다봤다. "순 애라니까." 케이트가 웃으며 말했다. 케이트는 아버지에게 그렇게 당돌한 말을 할 때가 있었고, 케이트가 그렇게 말하고 나면 톰은 위층으로 올라가 코넷을 꺼내 불었다. 아래층에서는 거의 들리지 않을 만큼 부드럽게. 그럴 때면 악단이 중심가에서 판을 벌여 혼자 악구 하나를 끌고나가야 할 때와는 달리 톰의 연주가 얼마나 형편없는지가 잘 드러나지 않았다. 톰은 위층 방에 앉아 생각에 잠겼다. 케이트가 자기를 그렇게 비웃을 때면 아내가 살아 돌아온 것만 같았다. 둘 다 똑같이 은근하게 빈정대는 빛이 눈에 어려 있었다.

아무튼, 아내가 죽은 뒤로 톰이 무슨 자리에 나서는 건 이때가 처음이었다. 어떤 사람들은 당분간 톰이 집에 붙어 있는 쪽이 낫다고 생각할 수도 있었다. 모양새가 낫다는 말이다. 톰은 면도하다가 턱을 베어서 피를 봤다. 잠시 후 아래층으로 내려온 톰은 주방 개수대 위에 걸린 거울 앞에 서서 끝부분을 물에 적신 수건으로 베인 곳을 문질렀다.

윌과 프레드는 멍하니 서 있었다.

월의 머릿속은 바빴다. 어쩌면 케이트의 머릿속도. '저기 혹시…… 그럴 수도 있지 않나? 왜, 저런 파티, 그러니까 어른들만 초대받는 파티에는 남편 잃은 여자도 두세 명쯤은 꼭 껴 있잖아.'

케이트는 자기 주방에 다른 여자가 얼쩡대는 걸 원치 않았다. 케이트는 스무 살이었다.

'엄마 없는 애들 얘기로 찧고 까부는 것도 안 해야 할 텐데.' 톰이 환장할 법한 이야기였다. 프레드마저 그렇게 생각했다. 집에는 톰을 향한 원망의 물결이 살랑거렸다. 떠들썩하진 않았지만 서서히, 말하자면 부드럽게 낮은 곳의 모래사장으로 다가오는 물결이었다.

'남편 잃은 여자들이 그런 델 가잖아. 집에 돌아갈 때는 당연히 쌍쌍이고.' 케이트와 월은 똑같은 그림을 상상하고 있었다. 어두운 저녁 두 사람은 공상에 잠긴 채로 자기네 집 이층의 전면 창을 살짝살짝 내다봤다. 바드셰어네 대문으로 사람들이 우르르 나오고 있었고 빌 바드셰어는 거기 서서 문이 닫히지 않게 잡고 있었다. 저녁을 보내던 중 어디론가 슬쩍 빠져나갔던 그는 일요일에 입는 좋은 옷을 제대로 걸치고 있었다.

그리고 쌍쌍이 짝을 지은 사람들이 나왔다. '저기

그 여자네. 남편 잃은 칠더스 부인.' 칠더스 부인은 결혼을 두 번 했고 남편은 둘 다 죽었으며 본인은 저기 모미파이크 길 쪽에 살았다. '나이도 저만큼 먹은 여자가 뭐 때문에 저렇게 우습게 굴까? 남편 둘을 땅에 묻은 여자가 저렇게 젊고 매력적인 외모를 유지하는 것도 귀신이 곡할 노릇이야. 어떤 사람들 말로는 두 번째 남편이 살아있을 때도……'

'근데 그게 진짜든 아니든 행동이랑 말을 저렇게 우습게 할 이유가 뭐람?' 이제 부인은 얼굴에 빛을 받으면서 우리의 빌 바드셰어에게 말하고 있었다. "선잠이든 단잠이든 오늘 밤 좋은 꿈 꾸세요."

'아버지란 사람이 점잖게 굴 줄을 모르니까 이런 생각을 하는 거지. 저 멍청한 톰 아저씨가 이제 나오는군. 애처럼 바드셰어네에서 폴짝대며 나와서는 쪼르르 칠더스 부인한테 뛰어가네. 집까지 바래다드릴까요, 이러면서. 남들은 알 만하다는 듯 다 껄껄대거나 빙긋이 웃는데 말이야. 저런 꼴을 보면 피가 식는다니까.'

"자, 주전자 채워라. 커피 주전자에 물을 올리란 말

이야, 케이트. 얼마 안 있으면 사람들이 슬슬 길에 나타날 거다." 톰이 누가 보기라도 하는 것처럼 소리치며 부산하게 깡충대는 통에 집 안에 맴돌던 소소한 생각들의 고리는 부서지고 말았다.

무슨 일이 있었는가 하니, 날이 어두워지고 사람들이 모두 애플턴네 집 앞마당에 와 있던 그때 톰은 자기 코넷과 커다란 커피 주전자 두 개를 동시에 옮기자는 생각을 하고 말았다. 커피는 나중에 가져가면 어디 덧나기라도 한단 말인가? 사람들은 땅거미가 내린 집 바깥에 있었고 그런 시간이면 으레 그렇듯 나지막하게 쑥덕대고 킬킬대는 소리가 들렸는데, 그때 톰이 문밖으로 머리를 내밀고 외쳤다. "갑니다!"

그러고는 미쳐버린 모양이다. 다시 주방으로 달려들어가 코넷을 든 채로 그 커다란 커피 주전자 두 개를 잡았으니. 당연하게도 톰은 집 밖 어두운 길에서 발을 헛디뎌 넘어졌고, 당연하게도 펄펄 끓던 뜨거운 커피는 고스란히 톰에게 쏟아질 수밖에 없었다.

끔찍한 광경이었다. 뜨겁게 끓던 커피가 쏟아지자 톰의 톡톡한 옷 아래에서 김이 피어올랐고 그 자리에서 쓰러진 톰은 고통에 겨워 비명을 질렀다. 그런 아수라장이 또 있을까! 톰은 몸부림을 치며 비명을 질러댔고 사람들은 얼이 빠졌는지 어스름 속에서 톰의 주위를 잰걸음으로 맴돌기만 했다. 이 미친 인간이 막판에 이런 장난을 급조해낸 게 아닌지! 톰은 원래부터 별별 생각을 다 하는 악동이었다. '앨프 가이거네에서 어쩌는지 봐야 한다니까. 토요일 밤이면 가끔 나뭇가지에 올라타서 자기가 있는 자리랑 나무줄기 사이를 톱으로 써는 조 더글러스를 흉내 내고 그러는데, 나뭇가지가 쩍 갈라지기 시작할 때 조 얼굴에 떠오르는 표정까지 따라 해. 그 모습에 깔깔 웃다 보면 그 흉내를 보려고 악을 쓰게 되지.'

'그나저나 이제 어떡해? 미치겠네!' 케이트 애플턴은 아버지의 옷을 찢어내려 애쓰면서 눈물 콧물을 훌쩍였고 성미 급한 윌 애플턴은 사람들을 옆으로 밀쳤다. '이봐요, 사람이 다쳤잖아요! 이게 무슨 일이래요? 미치겠네! 의사 좀 불러줘요, 아무나. 화상이에요, 큰일 났다고요!'

***

10월 초, 윌 애플턴은 클리블랜드와 버펄로를 오가

는 낮 기차의 흡연 칸에 앉아 있었다. 목적지는 펜실베이니아 이리, 여객 열차를 탄 곳은 오하이오 애슈터뷸라였다. 목적지가 왜 이리인지는 월로서도 쉽게 설명이 안 됐다. 어쨌든 월은 그리로 가서 공장이나 부두 일을 구할 셈이었다. 단순히 머릿속 기벽이 발동해서 이리로 가겠노라 결심했는지도 몰랐다. 이리는 클리블랜드나 버펄로나 털리도나 시카고만큼, 월이 일자리를 구하러 갈 수도 있었을 다른 많은 도시만큼 크지 않았다.

애슈터뷸라에서 기차를 탄 월은 어느 왜소한 노인 옆 좌석에 몸을 밀어넣었다. 월이 걸친 옷은 젖고 구깃구깃한 상태였으며 그의 머리카락과 눈썹과 귀에는 석탄가루가 묻어 있었다.

그때 월의 내면에는 고향 비드웰을 향한 매서운 반감 같은 것이 있었다. '젠장, 거기선 일을 구할 수가 없어. 특히 겨울엔 어림도 없지.' 아버지가 사고를 당해 가족이 세웠던 계획이 죄다 어그러진 후, 9월에는 월이 어찌어찌 농장 일을 구할 수 있었다. 타작꾼들 사이에 끼어 얼마간 일했고 그다음에는 옥수수 따는 일을 했다. 괜찮았다. '하루에 1달러씩 벌었고 일하는 곳에서 밥도 줬던 데다 항상 작업복 차림이라 옷이 닳지도 않았지. 그치만 그때는 그때고, 비드웰에서 돈푼이나마 벌 수 있는 시기는 지나가버렸어. 아버지 화상도 심각한데. 몇 달은 집 안에만 앉아 있어야 할 거야.'

월은 어느 날 그냥 마음을 먹었다. 오전 내내 타박타박 농장들을 전전했지만 일을 구하지 못한 뒤였다. 집으로 돌아가 케이트에게 말했다. '빌어먹을.' 급하게 마을을 뜰 작정은 아니었다. 한두 주쯤은 더 남아 있을까 싶기도 했다. 뭐, 저녁에 제일 좋은 옷을 차려입고 읍내로 나가 일없이 서 있기도 해야지. "안녕, 해리. 이번 겨울에는 뭐 할 거야? 나는 펜실베이니아 이리로 가볼까 싶어. 거기 있는 공장에서 일자리를 제안 받았거든. 잘 있어. 혹시 이게 마지막일까 봐 인사하는 거야."

케이트는 월의 말을 듣고도 그 말뜻을 알아듣지 못한 것처럼 그저 그를 성가셔하는 것 같았다. 조금만 더 다정하게 반응해줬으면 좋았을 텐데. 그래도 케이트는 괜찮은 사람이었다. 그녀가 월을 무척 걱정하는 건 확실했다. 대화 끝에 케이트는 "그래, 그게 최선인 것 같아. 넌 가는 게 좋겠어"라는 말만 남기고 톰의 다리와 등에 감은 붕대를 갈아주러 사라졌다. 아버지는 거실 흔들의자 위, 쿠션들 틈에 앉아 있었다.

월은 위층으로 올라가 소지품을 쌌다. 작업복과 셔츠 몇 벌이었다. 그러고는 계단을 내려가 산책을 나섰다. 촌으로 이어지는 길을 따라가다가 어느 다리 앞에서 멈췄다. 여름날 오후에 다른 아이들과 와서 헤엄치곤 했던 곳 근처였다. 어떤 생각이 떠올랐다. 포시네 보석점에서 일하던 젊은 사내가 일요일 저녁에 간간이 케이트를 보러 와서는 둘이 같이 산책하러 나갔더랬다. '케이트 누나가 시집갈 생각을 하나?' 그렇다면 월이 지금 떠나는 게 좋을 수도 있었다. 여태 해본 적 없는 생각이었다. 그날 오후 느닷없이 비드웰 바깥의 세계가 온통 거대하고 무시무시하게 느껴져 남모를 눈물이 몇 방울 맺히려는 걸 월은 꾸역꾸역 삼켜냈다. 잠시 괴상망측하게 입을 뻐끔거렸다. 물 밖으로 꺼내져 사람 손에 들린 물고기의 주둥이처럼.

저녁식사 때 집으로 돌아오니 기분이 좀 나았다. 월이 주방 의자에 두고 갔던 꾸러미를 케이트가 더 꼼꼼히 싸면서 월이 깜박하고 빠뜨린 물건들을 여럿 넣어놓았다. 아버지가 거실로 윌을 불렀다. "괜찮다, 윌. 팔팔한 사내놈이라면 세상에서 한번 굴러도 봐야지. 나도 그렇게 했어, 네 나이쯤에." 톰이 다소 으스대며 말했다.

저녁식사가 나오고 애플파이가 차려졌다. 그 시기 애플턴 가족에게는 어울리지 않은 호사였지만, 케이트가 오후에 일부러 구운 파이라는 걸 윌은 알았다. 그게 케이트가 윌에게 마음을 보여주는 방식이었는지도 모른다. 큼직한 파이 두 조각을 먹으니 윌은 속이 제법 든든해졌다.

그러고 나서 시간이 어떻게 흘러가는지도 모르는 사이 열 시가 되었다. 윌이 떠날 시간이었다. 윌은 화물 열차에 무임승차해 마을을 떠날 작정이었고 열 시에 클리블랜드로 가는 지선 열차가 있었다. 프레드는 진작 침대에 누웠고 아버지는 거실 흔들의자에서 잠들어 있었다. 윌이 꾸러미를 들자 케이트가 모자를 썼다. "너 배웅하러 갈래."

윌과 케이트는 화물 열차가 올 때까지 기다릴 곳인 어둑한 훼일리네 창고로 길을 따라 말없이 걸어갔다. 훗날 그 저녁을 돌이켜 생각하면 윌은 나이는 케이트가 세 살 위였어도 키는 자신이 더 컸다는 사실이 기꺼웠다.

그후 일어난 모든 일이 윌의 머릿속에 얼마나 선명하게 남았던지. 기차가 도착하자 윌은 비어 있는 석탄칸에 엉금엉금 들어가 구석에 웅크리고 앉았다. 머리 위로 하늘이 보였다. 열차가 마을에 설 때마다 윌이 숨은 칸이 옆줄로 빠져 남겨질 수도 있었다. 제동수들이 선로를 따라 차량 옆으로 걸어가며 서로에게 소리쳤고 그들 손에 들린 랜턴이 어둠에 자잘한 빛을 끼얹었다.

'하늘이 저렇게나 까맣다니!' 이윽고 비가 내리기 시작했다. '옷 더러워지겠네. 그나저나 사나이가 누나한테 결혼 생각 있냐고 대놓고 물어볼 수는 없는 거였겠지. 케이트 누나가 결혼하면 아버지도 새장가를 들려고 할 텐데. 케이트 누나처럼 젊은 여자야 그래도 되지만, 사십 먹은 남자가 결혼 생각을 하다니, 무슨 젠장맞을 짓이야? 왜 톰 애플턴은 점잖게 굴질 못하지? 아냐, 프레드는 아직 어리니까 누가 새로 와서 엄마가 되어주면, 애한테는 좋은 일이겠다.'

화물 열차에서 밤을 보내며 윌은 한참이나 결혼 생

각을 했다. 그 어렴풋한 생각은 수풀에 들고 나는 새처럼 떠올랐다 말았다 했다. 월에게 이런 문제, 그러니까 남자와 여자의 일은 살에 와닿는 문제가 아니었다. 아직은 그랬다. 집이 있느냐는 문제와는 또 달랐다. 집은 사나이의 뒷배 같은 것이었으니까. 일주일 내내 농장 같은 곳에서 일하고 밤에는 낯선 방에 몸을 누인다 해도 애플턴 가족의 집은 언제나 남아 있었다. 마음 한구석에서 그림처럼, 말하자면 둥실대고 있었다. 케이트가 돌아다니는 애플턴 가족의 집. 케이트는 읍내에 나갔다가 집으로 돌아와 계단을 오르고 있다. 톰 애플턴은 주방에서 부스럭거린다. 그는 밤에 자기 전에 군것질하는 걸 좋아하지만 곧 위층으로 올라가 제 방에 들어갈 것이다. 톰은 잠자리에 들기 전에 파이프 담배 피우는 걸 좋아했고 이따금 코넷을 꺼내 부드럽고 슬픈 음을 두세 번 불었다.

월은 클리블랜드에서 화물 열차 밖으로 엉금엉금 기어나와 전차를 타고 도시를 가로질렀다. 노동자들은 다만 공장에 갈 뿐이었고 그 사이를 지나는 월은 눈에 띄지 않았다. 월의 옷이 구겨지고 더러웠다지만 노동자들의 옷도 말끔하지는 않았다. 노동자들은 모두 묵묵히 전차 바닥이나 창밖을 보고 있었다. 전차가 다니는 거리에는 공장들이 길게 줄지어 서 있었다.

운이 따라준 덕에 윌은 콜린스우드에서 여덟 시에 화물 열차를 또 잡아탔지만 애슈터뷸라에서는 화물 열차에서 내려 여객 열차를 타는 게 낫겠다고 마음을 정했다. 앞으로 이리에서 지낼 거라면 차표 값을 내고 좀 더 신사다운 모습으로 도착하는 편이 나을 테니.

기차의 흡연 칸에 앉아 있는 윌은 자기가 신사처럼 느껴지지 않았다. 머리카락에 스민 석탄가루가 빗물에 씻기면서 얼굴에 더러운 자국을 죽죽 남겨놓았다. 옷은 때에 찌들어 세탁과 솔질이 절실했고, 작업복과 셔츠를 싼 종이봉투는 더러운데다 찢어져 있었다.

차창 밖 하늘은 회색이었고 추운 밤이 되리란 게 확실했다. 어쩌면 찬비가 내릴지도 몰랐다.

기차가 연달아 통과하는 마을들에는 기이한 구석이 있었다. 어느 마을을 지나든 집들이 하나같이 썰렁하고 음산해 보였다. '빌어먹을.' 비드웰에서는, 그 저녁에 아버지가 빌 바드셰어네 파티 일로 그렇게 바보

짓을 하다가 그렇게 심하게 화상을 입기 전까지는 모든 집이 언제나 따뜻하고 편안해 보였다. 혼자 있을 때면 길을 따라 걸으며 휘파람을 불었다. 밤에는 집집마다 창문에서 따스한 불빛이 비쳤다. '저 집에는 짐마차꾼 존 와이엇이 살지. 아주머니는 목에 혹이 있어. 저기 헛간에는 머스그레이브 선생님이 뼈가 앙상한 늙은 백마를 기르고. 그 말이 생긴 건 젠장맞아도 움직이는 건 정말 멀쩡하단 말이야.'

월은 좌석에서 몸을 꿈지럭거렸다. 옆자리에 앉은 노인은 거의 프레드만큼이나 체구가 작았고 괴상망측한 옷을 입고 있었다. 바지는 갈색이고 코트는 회색과 검은색 격자무늬였다. 바닥 발치에는 조그만 가죽 상자가 하나 있었다.

남자가 입을 열기 훨씬 전부터 월은 무슨 일이 일어날지 알았다. 그런 남자가 코넷을 연주하는 건 정해진 바였다. 그는 연식이 오래된 남자였지만 점잖은 품위는 찾아볼 수 없었다. 월은 아버지가 비드웰 중심가에서 악단과 행진하던 것을 떠올렸다. 무슨 중요한 날, 독립기념일인가라 사람들이 전부 모여 있던 그곳에서 토니 애플턴은 코넷을 엄청난 속도로 불어대는 볼거리를 선사했다. 길에 나온 사람들은 그 연주가 얼마나 형편없는지 알면서도 다 큰 남자들끼리는 서로 비웃지 말자는 작당 모의를 했던 걸까? 당장 자기 코가 석 자인데도 윌의 얼굴에는 스멀스멀 미소가 번졌다.

옆자리의 자그마한 남자도 미소로 화답했다.

"그러니까 말이야." 그가 말을 시작했다. 어떤 머뭇거림도 없이 자기 인생이 어떻게 불만스럽다는 얘기로 다짜고짜 돌입했다. "그래, 자네 앞에 보이는 이 남자는 퍽 곤란한 처지야, 젊은 친구." 노인은 자기 말에 웃어보려 했지만 결과는 시원찮았다. 남자의 입술이 떨렸다. "꼬리를 다리 사이로 늘어뜨린 개 같은 꼴로 집에 가고 있지." 그가 불쑥 말했다.

노인은 두 갈래 충동 사이에서 휘청였다. 기차에서 젊은 남자를 만난 그는 같이 있을 누군가를 갈망하고 있었는데, 남과 어울리려는 사람은 명랑하게 굴고 어쩌면 조금 까불거리기까지 해야 하는 법이었다. 기차에서 모르는 사람을 만나면 이야기를 들려줘야 했다. "그나저나, 선생님, 내가 일전에 들은 소식이 있습니다. 선생님은 못 들으셨으려나요? 글쎄 알래스카에 있는 어떤 광부가 몇 년째 여자를 안 보고 살았다지 뭡니까." 이런 식으로 시작한 다음 나중에 기회를 봐서 자기 얘기를, 사연을 풀어놓아야 했다.

그러나 이 노인은 대뜸 제 얘기로 뛰어들려고 했다. 애처롭고 풀 죽은 말을 꺼내놓는 그의 눈은 묘하게 사람을 끄는 엷은 미소를 띠고 계속 웃고 있었다. '내 입술에서 나온 말이 거슬리거나 지루하다면 귀를 기울이지 말아. 내가 나이는 있지만 실은 명랑한 사람인데 이제는 별 쓸모가 없네'라고 그의 눈이 말하고 있었다. 물기가 어린 담청색 눈이었다. 그런 눈이 노인의 머리에 박혀 있는 모습이 어찌나 기묘하던지. 주인 잃은 개의 머리에나 어울릴 눈이었다. 미소는 사실 미소가 아니었다. '날 발로 차지 마, 젊은 청년. 먹을 걸 못 주겠으면 머리나 긁어줘. 적어도 선한 사람이란 걸 보여줄 순 있잖아. 발길질은 지금껏 당한 거로 족해.' 그 눈이 자기 나름의 말을 하고 있다는 게 누가 봐도 분명했다.

월은 저도 모르게 동정 섞인 미소를 짓고 있었다. 이 왜소한 노인은 어딘가 개를 닮은 것이 사실이었고 자신이 이렇게 빨리 사람을 파악했다는 게 윌은 뿌듯했다. '자기 눈으로 사리를 분별할 수 있는 사람은 세상살이도 잘 헤쳐나갈 거야.' 윌은 생각했다. 그 생각은 노인을 떠나 다른 데로 흘러갔다. 비드웰에는 혼자 살면서 양치기 개를 기르는 노파가 있었다. 노파는 여름마다 개의 털을 잘라주자고 마음먹었으나 막판에, 실은 손을 댄 직후에 생각을 바꿨다. 그러니까, 노파는 길쭉한 가위를 단단히 쥐고 개의 옆구리부터 털을 깎기 시작했다. 손이 살짝 떨렸다. '마저 해, 아니면 관둬?' 2분 뒤 노파는 털 자르기를 포기했다. '털을 잘라버리면 너무 못생겨지잖아.' 그렇게 생각하며 자신의 소심증을 합리화했다.

나중에 날이 더워져 개가 혀를 빼고 돌아다니면 노파는 다시 가위를 쥐었다. 개는 참을성 있게 기다렸지만 노파는 개의 등을 덮은 빽빽한 털 사이로 길쭉하고 넓은 고랑을 하나 파고서는 또 멈췄다. 어떻게 보면, 이 노파의 관점으로 보면 개의 멋들어진 털을 잘라낸다는 건 그 개의 일부를 잘라내는 것과 같았다. 마저 할 수가 없었다. '이거 봐, 이렇게 해놓으니까 전에 없이 못생겨졌지.' 노파는 속으로 똑똑히 말했다. 그녀는 단호한 태도로 가위를 치웠고 개는 여름 내내 다소 당혹스러우면서도 부끄럽다는 얼굴을 하고 돌아다녔다.

월은 연신 미소를 지으며 노파의 개를 생각하다가 기차를 같이 타고 가는 제 동행에게 다시 눈길을 줬다. 노인이 걸친 얼룩덜룩한 옷은 털이 깎이다 만 그 양치기 개와 어딘가 닮아 있었다. 둘 다 똑같이 당혹감과 부끄러움을 풍기고 있었다.

월도 이 노인을 자기 필요에 맞춰 써먹기 시작한 참이었다. 월의 내면에는 마주해야 하지만 마주하고 싶지 않은, 아직은 아닌 무언가가 있었다. 집을 떠난 뒤로 줄곧, 실은 촌에 갔다가 집에 돌아와 세상 밖으로 나가봐야겠다고 케이트에게 말한 다음부터 줄곧, 월은 무언가를 피해 다니고 있었다. 그런데 왜소한 노인 생각을 하거나 털이 깎이다 만 개 생각을 하면 자기 생각은 하지 않아도 되었다.

비드웰의 어느 여름날 오후를 생각했다. 개를 기르는 노파가 자기 집 현관 발코니에 서 있고 개는 대문 밖으로 달려나와 있었다. 털이 다시 빽빽하게 자란 겨울이었다면 남자애가 길을 지나간다고 멍멍 짖어대며 법석을 떨었을 개인데, 그때 녀석은 짖으면서 으르렁거릴 것처럼 하다가 관둬버렸다. 문득 '이렇게 젠장맞은 꼴을 하고 공연히 관심을 끌다니'라는 판단을 내리기라도 했던 걸까? 개는 대문까지 세차게 달려와 짖으려고 입을 열었다가 돌연 생각을 바꾸고 꼬리를 다리 사이로 늘어뜨린 채 집으로 총총 돌아갔다.

월은 자기만의 생각으로 연신 미소 지었다. 비드웰을 떠난 뒤 처음으로 발랄한 기분이 들었다.

노인은 자기 자신과 자신의 인생에 대해 이야기를 하고 있었지만 월은 듣고 있지 않았다. 청년의 내면에는 교차하는 충동들의 흐름이 만들어져 있었고 청년 자신은 집 복도에 말없이 서서, 아득한 거리에서 무어라 말하는 두 목소리에 귀를 기울이고 있는 듯했다. 목소리들은 서로 멀찍이 떨어진 두 방에서 들려와 어느 쪽 목소리를 들어야 할지 정할 수 없었다.

노인 역시 아버지처럼 코넷 연주자인 것은 확실했다. 그는 나팔수였다. 기차 바닥에 놓인 작고 낡은 가죽 상자에 그의 나팔이 들어 있었다.

그는 중년에 이르러 첫 번째 아내와 사별하고 새장가를 들었다. 그때만 해도 재산이 조금 있었는데 순간의 어리석음으로 그 재산을 자기보다 열다섯 살 어린 두 번째 아내에게 몽땅 맡기고 말았다. 아내는 그 돈으로 이리의 공장 지구에 있는 커다란 집을 사서 하숙을 치기 시작했다.

그렇게 해서 이러지도 저러지도 못하게 된 노인은 이제 본인 집에서 아무 쓸모 없는 사람이었다. 그냥 그렇게 되고 말았다. 그는 하숙인들 비위를 맞춰야 했다. 그들이 원하는 걸 해줘야 했다. 아내가 데려온 아들이 둘 있었는데, 둘 다 다 커서 공장에서 일했다.

뭐, 문제는 없었다. 계산을 깔끔하게 했으니까. 아들들은 하숙비를 꼬박꼬박 냈다. 아들들이 원하는 것도 생각해줘야 했다. 노인은 잠자리에 들기 전에 저녁에 잠깐 코넷 부는 걸 좋아했지만 그러면 집에 있는 다른 사람들에게 방해가 되었다. 아무 말도 하지 않고 남들에게 거슬리지도 않게 지내다 보면 사람이 좀 절박해진다. 노인은 본인도 공장에서 일자리를 찾아보려 했으나 공장에서 받아주지를 않았다. 희끗희끗한 머리카락이 걸림돌이 되었다. 그래서 그는 어느 날 밤 무작정 밖으로 나와 클리블랜드로 갔다. 영화 극장 같은 곳에 가서 악단 일을 구해볼 요량이었다. 그러나 그게 마음처럼 되지 않아서 이제 아내가 있는 이리로 돌아가는 길이었다. 아내에게 편지를 썼더니 집에 오라는 답장이 왔던 것이다.

"저기 클리블랜드에서 나한테 일을 맡기지 않은 건 내가 늙어서가 아니야. 내 입술이 힘을 못 써서 그런 거지." 노인이 설명했다. 늙고 쪼그라든 입술이 살짝 떨렸다.

월은 계속 노파의 개를 생각했다. 의식한 건 아니지만 노인의 입술이 떨렸을 때는 월도 덩달아 입술이 떨렸다.

월은 뭐가 문제기에?

월은 집 복도에 서서 두 목소리를 듣고 있었다. 한쪽에는 귀를 닫으려 애쓰고 있었을까? 두 번째 목소리, 지금껏 낮이나 밤이나 듣지 않으려고 아등바등하던 그 목소리가 비드웰에서 애플턴 가족의 집에 살던 삶이 끝난 것과 무슨 관련이 있는 걸까? 목소리가 월을 놀리려는 건가? 이제 월은 허공에서 대롱거리는 존재라고, 발을 내려놓을 곳은 없다고 말해주려는 건가? 월은 겁을 먹었나? 무엇에 겁먹었나? 남자가 되기를, 제 두 발로 우뚝 서기를 그토록 바라온 월인데 지금 뭐가 문제란 말인가? 어른 남자가 되는 게 겁나는 걸까?

지금 그는 필사적으로 싸우고 있었다. 노인의 눈에 눈물이 고이자 윌도 소리 없이 울기 시작했다. 그것만은 절대 안 된다고 생각했던 행동이었건만.

노인은 쉬지 않고 말하며 자신의 고민거리를 늘어놓았지만 그 말은 윌의 귀에 들어오지 않았다. 내면의 갈등이 갈수록 선명해지고 있었다. 윌의 정신은 소년으로 살던 시절을, 비드웰에서 애플턴 가족의 집에 살던 시절을 붙들고 있었다.

이제 윌의 공상 속 프레드는 다른 남자애들이 지켜보는 앞에서 어른의 일을 할 때 나오는 예의 의기양양한 눈빛을 뿜내며 서 있었다. 윌의 머릿속에 일련의 장면들이 모두 다 떠올랐다. 윌과 아버지와 프레드가 헛간을 칠하고 있는데 농장 남자아이 둘이 길에서 걸어오더니, 사다리에 올라가 페인트를 바르는 프레드를 멈춰 서서 구경했다. 아이들은 뭐라고 소리쳤지만 프레드는 대꾸하지 않았다. 프레드가 풍기는 어떤 기운이 있었다. 녀석은 페인트를 치덕치덕 바르다가 고개를 돌려 바닥에 침을 뱉었다. 톰 애플턴의 시선이 월의 시선과 마주치자 아버지의 눈가에 웃음기가 어른거렸고 아들의 눈가에도 그랬다. 아버지와 큰아들은 두 명의 어른 남자, 두 일꾼으로서 고소하고 깜찍한 비밀을 공유하고 있었다. 두 사람은 나란히 애정 어린 눈길로 프레드를 바라봤다. '귀여운 녀석! 자기가 벌써 다 큰 줄 아는구나.'

이번엔 톰 애플턴이 자기 집 주방에서 붓을 식탁에 펼쳐놓고 있었다. 케이트는 붓 하나를 손바닥에 대고 앞뒤로 문질렀다. "고양이 등처럼 보드라워요"라며.

월의 목에 무언가가 턱 걸렸다. 꿈이라도 꾸는 것처럼, 보석점에서 일하는 젊은 남자와 일요일 저녁에 거리를 걸어가는 케이트가 보였다. 교회에 가는 길이었다. 케이트가 그 남자를 만난다는 건…… 글쎄, 새로운 가정이 시작된다는 의미일 수도 있지만, 애플턴 가족의 집이 종말을 맞았다는 의미이기도 했다.

월은 기차 흡연 칸의 노인 옆자리에서 슬슬 몸을 빼려 했다. 이제 기차 안은 거의 깜깜했다. 노인은 여전히 말하면서 자기 이야기를 늘어놓고 또 늘어놓았다. "이래서야 집이 없는 거랑 다를 바가 뭐야." 기차 안, 낯선 곳에서, 숱한 낯선 이들 앞에서 월의 울음소리가 터져나오려던 걸까. 월은 말하려고, 사람들이 일상적으로 하는 말을 뱉으려고 했지만 그의 입은 물에서 잡혀 나온 물고기 주둥이처럼 뻐끔거리기만 했다.

기차는 어느새 승강장 지붕 아래로 들어와 있었고 주변은 깜깜했다. 월의 손은 와락 어둠을 움켜잡았다가 노인의 어깨에 내려앉았다.

느닷없이 기차가 멈춰서자 두 사람은 서로 반쯤 부둥켜안게 되었다. 제동수가 기차의 천장 등을 밝혔을 때 월의 눈에는 눈물이 또렷했는데 그때 세상에서 제일가는 행운이 찾아왔다. 월의 눈물을 본 노인은 그걸 자신의 불행한 처지에 대한 공감의 눈물로 생각하고 물기 어린 푸른 눈에 고마워하는 기색을 띠었다. 뭐, 노인의 인생에서도 새로운 일이었다. 노인이 막 제 사연을 늘어놓기 시작하고 잠깐잠깐 말을 멈췄을 때 월은 자신이 공장 일을 구하려고 이리로 간다는 말을 했더랬다. 기차에서 내리려는 순간, 노인이 월의 팔을 붙잡았다. "자네 우리 집에 와서 지내지 그래." 노인의 눈에서 기대감이 번쩍였다. 젊은 아내가 있는 집에 새로운 하숙인을 데려갈 수 있다면 본인의 귀가로 인한 침울감을 얼마간 덜 수 있을 것이었다. "같이 가. 그러는 게 제일 좋아. 그냥 나랑 같이 우리 집으로 가도록 해." 노인은 윌에게 간곡히 매달렸다.

2주가 지났고 윌은 겉으로는, 그리고 주변 사람들 눈에는 펜실베이니아 이리의 공장 노동자로 사는 새로운 생활에 적응한 모습이었다.

그러다 어느 토요일 저녁에 느닷없이, 윌이 비드웰의 어둑한 훼일리네 창고에서 화물 열차에 엉금엉금 올라탄 후로 무의식에서 줄곧 예상하면서도 두려워하던 일이 벌어졌다. 케이트가 좋은 소식이 담긴 편지를 보내온 것이다.

작별하던 그때, 바깥에서 보이지 않을 빈 석탄 칸 구석에 자리를 잡고 앉기 전에, 떠나오던 그날 밤에, 윌은 누나를 마지막으로 보려고 밖으로 몸을 길게 뺐다. 창고 그림자 속에 말없이 서 있던 케이트가 기차가 막 출발하려던 찰나에 윌 쪽으로 발을 내딛자 멀리 있는 가로등 불빛이 케이트의 얼굴에 떨어졌다.

그렇다고 그녀의 얼굴이 윌에게 불쑥 다가왔다는 건 아니다. 얼굴은 여전히 모호한 빛 속에서 어슴푸레하게 윤곽만 보이는 정도였다.

케이트의 입술이 윌에게 무언가를 말하려는 것처럼 뻐끔거린 걸까, 아니면 멀리서 비친 모호하고 흔들리는 불빛 때문에 그렇게 보이기만 한 걸까? 노동자 가족이 사는 삶의 극적이고도 중대한 순간은 침묵 속에 지나가버린다. 죽음과 탄생의 순간에조차 말은 거의 없다. 노동자의 아내가 아이를 낳으면 남편은 그 방에 들어간다. 아내는 침대에서 빨갛고 조그만 새 생명 꾸러미를 옆에 두고 있고 남편은 침대 옆에 잠시 서서 우물쭈물한다. 남편도 아내도 서로의 눈을 똑바로 보지 못한다. "몸조리 잘 해, 여보. 푹 쉬라고." 남편은 이렇게 말하고 서둘러 방을 나간다.

비드웰의 창고 옆 어둠 속에서 케이트는 윌 쪽으로 두세 걸음을 떼었다가 멈췄다. 창고와 선로 사이에는 좁게 풀이 나 있었는데 케이트는 그 위에 섰다. 진짜 마지막으로 건넬 작별 인사가 그 순간 케이트의 입술 위에서 떨리고 있었을까? 어떤 두려움이 윌을 압도했다. 케이트도 틀림없이 같은 심정이었으리라. 그 순간 케이트는 그야말로 자식을 앞에 둔 어머니가 되었고, 입 밖으로 나오려던 내면의 무언가는 깊이 가라앉았다. 해야 하는 말이 있었지만 케이트는 말할 수 없었다. 케이트의 형체는 어둠 속에서 살짝 너울거리는 듯했고, 월의 눈에 케이트는 가느다랗고 불분명한 무언가가 되었다. "잘 있어." 월이 어둠 속으로 속삭였다. 어쩌면 케이트의 입술도 같은 말을 빚어냈을지도. 그러나 겉으로는 침묵뿐이었고, 기차가 덜컹거리며 떠나가는 동안 케이트는 그렇게 침묵 속에 서 있었다.

그리고 지금 이 토요일 저녁, 공장에서 퇴근한 월 앞에 그가 떠나던 날 밤에 하지 못했던 말을 편지로 하고 있는 케이트가 나타났다. 토요일이라 공장은 다섯 시에 문을 닫았고 월은 작업복 차림으로 퇴근해 자기 방으로 갔다. 대문 옆 탁탁거리는 기름등 아래 망가진 작은 탁자 위에서 발견한 편지를 손에 들고 계단을 올랐다. 월은 조마조마한 마음으로 편지를 읽었다. 아무것도 없는 방 벽에서 손이 튀어나와 자신을 후려치기라도 할 것처럼.

아버지의 상태는 호전되고 있었다. 회복이 굉장히 더뎠던 극심한 화상이 정말로 낫고 있었고, 더는 감염 위험이 없겠다는 의사 소견도 들었다. 케이트는 상처를 진정시키는 새로운 요법을 찾아냈다. 느릅나무 껍질을 우유에 담가 부드럽게 만든 다음, 그걸 화상 부위에 얹으면 톰이 밤에 한결 편히 잘 수 있었다.

프레드로 말하자면, 케이트와 아버지는 프레드가 학교로 돌아가는 게 낫겠다고 판단했다. 어린 남자아이가 교육받을 기회를 놓친다는 건 정말이지 안타까운 일이니까. 어차피 해야 할 작업도 없었다. 어쩌면 토요일 오후에 가게 일손을 거들거나 하는 식으로 프레드가 일을 구할 수 있을지도 모르지만.

여성 구호단에서 나온 웬 여자는 배짱도 좋게 애플턴 가족의 집을 찾아와 도움이 필요한 상황이냐고 케이트에게 물었다. 글쎄, 케이트가 어찌어찌 감정을 숨기고 정중하게 대꾸하긴 했지만, 케이트의 머릿속 생각을 알았더라면 그 여자도 몇 달은 귀가 근지러웠을 것이다. 무슨 그런 생각을 다 했는지!

윌이 이리에 도착해 일자리를 구하자마자 엽서를 보낸 건 정말 잘한 일이었다. 돈을 부치는 문제는, 여윳돈이 생기는 대로 집에 부치면 가족은 물론 반기겠지만, 윌도 돈 없이 지낼 수는 없었다. "우린 외상을 그을 수 있는 가게가 여러 곳 있잖아. 잘 지낼 수 있을 거야." 케이트가 야무지게 말했다.

그러고는 줄을 덧붙여, 윌이 떠나던 날 밤에 하지

못한 이야기를 했다. 케이트 자신과 미래 계획에 관한 내용이었다. "네가 떠나던 날 밤에 하려던 말이 있었는데, 너무 일찍 말하는 것도 우습다고 생각했어." 하지만 어쨌거나 케이트가 봄에 결혼할 계획이라는 건 월도 아는 편이 좋았다. 케이트는 프레드가 자기 부부와 같이 살면 좋겠다고 했다. 프레드는 학교에 계속 다니고 두 사람의 뒷바라지를 받아 대학에 갈 수 있을지도 몰랐다. 가족 중 누군가는 제대로 된 교육을 받아야 했다. 월이 자기 인생의 첫발을 떼었으니 케이트라고 세상에 나서기를 더 미룰 이유가 없었다.

월은 기차에서 만난 나이 든 코넷 연주자의 아내가 소유한 커다란 목조 주택 꼭대기의 작디작은 방에 앉아 손에 편지를 쥐고 있었다. 방은 3층, 지붕 바로 아래 튀어나온 부분에 있었고 옆에 나란히 붙은 다른 작은 방은 그 노인이 쓰고 있었다. 월이 그 방을 택한 건 방세가 싸서 숙식과 빨래를 해결하고 또 주마다 3달러를 케이트에게 보내고도 매주 자기가 쓸 1달러를 남길 수 있기 때문이었다. 그걸로 담배를 약간 사거나 이따금 영화를 보면 되었다.

"어휴!" 케이트의 편지를 읽는 동안 월의 입술이 작게 투덜대는 소리를 냈다. 월은 기름때 묻은 작업복 차림으로 의자에 앉아 있었고 하얀 편지지를 손가락이 잡은 자리에는 작게 기름 얼룩이 졌다. 손까지 약간 떨렸다. 월은 자리에서 일어나 물통의 물을 흰 대야에 붓고 얼굴과 손을 씻기 시작했다.

옷을 대강 입었을 때 손님이 왔다. 복도에서 지친 발이 질질 끌리는 소리가 나더니 코넷 연주자가 소심하게 문으로 고개를 들이밀었다. 월이 기차에서 알아봤다시피 여전히 개처럼 호소하는 눈빛이었다. 이제 무언가를, 아내가 집에서 휘두르는 권력에 맞서는 조심스러운 반란 같은 것을 계획하고 있는 노인은 월에게 응원을 받고 싶어 했다.

한 주 동안 노인은 거의 매일 저녁마다 이야기를 하겠다며 월의 방으로 찾아왔다. 노인이 원하는 건 두 가지였다. 저녁에 방에 앉아 있을 때 간간이 코넷을 불고 싶었고, 약간의 돈을 주머니에서 잘랑대고 싶었다.

게다가 어떻게 보면 이 집에 새로 들어온 월은 자기 자산이었지 아내 것이 아니었다. 저녁이 되면 그는 피로와 졸음에 겨운 이 젊은 노동자 앞에서 자주 이야기를 늘어놓았다. 윌의 눈이 감기고 코에서 드르렁거리는 소리가 날 때까지. 노인은 방에 하나 있는 의자에 앉고 윌은 침대 끄트머리에 앉은 채로, 늙은 입술은 잃어버린 청춘 이야기를 들려주며 조금은 우쭐대기까지 했다. 윌의 몸이 침대 위로 고꾸라지면 노인은 자리에서 일어나 고양이 같은 걸음으로 방 안을 서성였다. 어쨌든 목소리를 너무 크게 내서는 안 되니까. 윌은 잠들었나? 코넷 연주자가 어깨를 뒤로 젖히자 대범한 말이 반쯤 속삭이는 목소리로 입술에서 나왔다. 진실을 말하자면, 아내에게 돈을 넘긴 건 그가 어리석었기 때문이니 아내가 그를 이용해먹었다고 해도 아내의 잘못이 아니었다. 지금 그의 처지에 대해서는 자기 자신 외에 누구도 탓할 수 없었다. 애당초 그에게는 무엇보다 대범함이 부족했다. 남자라면 모름지기 남자다워야 할 의무가 있었다. 또 그는 오랫동안 생각해왔다. 뭐랄까, 이 하숙집에서는 틀림없이 돈이 벌리니까 자기도 제 몫을 받아야 한다고. 아내는 괜찮은 여자긴 했지만, 결국 중요한 건 여자들은 누구 하나 남자의 처지를 이해하지 못하는 것 같다는 점이었다.

"아내한테 말해야지, 암, 말하고말고. 거침없이 말할 테야. 조금 심하게 말해야 할지도 모르지만 어쨌든 이 집은 내 돈으로 굴러가고 있으니 번 돈에서 내 몫을 받아내겠어. 더는 바보처럼 있지 않아. 돈을 뱉으라고 똑똑히 말할 테다." 노인은 물기 어린 푸른 눈으로 침대에서 잠든 청년의 형체를 곁눈질하며 속삭였다.

* * *

그랬던 노인이 다시 문가에 서서 초조하게 방을 들여다보고 있었다. 종이 그악스럽게 울리며 저녁식사가 준비되었다고 알리자 이들은 아래층으로 내려갔다. 윌이 앞장을 섰다. 식당의 기다란 식탁에는 이미 남자 몇몇이 모여 있었고 계단에서 다른 발소리가 더 났다.

길게 두 줄로 앉아 말없이 밥을 먹는 젊은 노동자들. 토요일 밤인데 길게 두 줄로 앉아 침묵 속에 밥을 먹는 젊은 노동자들.

식사를 마치면 오늘 밤만큼은 이 청년들도 모두 번

화가로, 저기 번화가의 불 밝혀진 곳으로 잽싸게 날아갈 것이었다.

월은 의자 양쪽을 잡고 제 자리에 앉아 있었다.

남자들은 토요일 밤이면 하는 것들이 있었다. 그 주의 일은 마쳤고 주머니에서는 돈이 잘랑거렸다. 젊은 노동자들은 침묵 속에 음식을 먹고 한 명 한 명 서둘러 번화가로 나갔다.

월의 누나 케이트는 봄에 결혼할 예정이었다. 젊은 보석점 직원과 비드웰 거리를 거닌 것이 결실을 거뒀다.

펜실베이니아 이리의 공장들에 고용된 젊은 노동자들은 제일 좋은 옷을 차려입고 토요일 저녁 이리의 불 밝혀진 거리를 거닐었다. 그들은 공원으로 갔다. 누구는 서서 여자와 대화를 나누었고 누구는 여자랑 거리를 걸었다. 또 누구는 술집에 들어가 술을 마셨다. 바에서는 남자들끼리 이야기를 나눴다. "그 빌어먹을 감독관! 나한테 입 함부로 놀리면 턱을 작살낼 거야."

비드웰에서 온 청년은 펜실베이니아 이리의 하숙집 식탁에 앉아 있었고 앞에 놓인 접시에는 고기와 감자가 수북하게 쌓여 있었다. 그 공간은 불이 그다지 밝지 않았다. 어둡고 음울했으며 회색 벽지에는 길게 검은 줄이 가 있었다. 벽에 그림자가 어른거렸다. 이 청년의 앞뒤 좌우로 다른 청년들이 앉아 있었다. 말없이 서둘러 음식을 먹으면서.

월이 뜬금없이 식탁에서 일어나 거리로 나가는 문 쪽으로 갔지만 나머지 사람들은 월에게 관심을 기울이지 않았다. 월이 고기와 감자를 먹고 싶지 않다고 한들 그들로서는 달라질 것이 없었다. 집의 여주인인 늙은 코넷 연주자의 아내는 남자들이 식사할 때면 필요한 걸 챙기려고 식탁 근처에 있었지만 지금은 주방으로 모습을 감춘 뒤였다. 여주인은 말이 없고 표정이 어두운 여자였으며 항상 검은 옷을 입었다.

늙은 코넷 연주자만 빼면 식당에 있는 다른 사람들은 월이 나가든 남든 아무 상관이 없었다. 월은 젊은 노동자였고 이런 곳에서 젊은 노동자는 늘 들고 나는 존재였다.

어깨가 넓고 콧수염이 검은, 나머지 대다수보다 나이가 조금 많은 남자 한 명이 먹던 걸 멈추고 흘긋 올려다보기는 했다. 그는 옆자리 사람을 쿡 찌르고서는 어깨 너머로 엄지를 휙휙 날렸다. "새로 온 놈이 후딱 하나 낚았나 봐, 그렇지?"라고 웃으며 말했다. "밥 먹는 시간도 못 참고 말이야. 거참, 일찍도 만나러 간다. 기다리는 아가씨가 있는 거지."

월 맞은편 자기 자리에서 코넷 연주자는 월이 나가는 걸 보고 덜컥 불안이 차오른 눈으로 그의 뒤를 쫓았다. 그는 이야기하는 저녁을, 조심스레 주저하는 그의 방식으로 조금 우쭐대기까지 하며 월 앞에서 제 청춘을 풀어내는 저녁을 기대하고 있었다. 월이 거리로 나가는 문에 다다르자 노인의 눈에는 눈물이 고이기 시작했다. 다시 입술이 떨렸다. 이 남자의 눈에는 늘 눈물이 고였고 입술은 더없이 미미한 자극에도 떨렸다. 그가 더 이상 악단에서 코넷을 불지 못하는 건 당연한 일이었다.

* * *

월이 집 밖 어둠 속에 있는 지금 코넷 연주자의 저녁은 김이 새어버렸고 집은 버림받아 텅 비어버린 곳이었다. 오늘 저녁에는 월과 허심탄회하게 대화하고 특히 돈 문제와 관련해 아내에게 새로 어떤 태도를 취

할지에 대해 이야기할 작정이었다. 월 앞에서 이 문제를 전부 말하고 나면 새로 용기가 생겨 한층 대범해질 것이었다. 뭐랄까, 지금 하숙집으로 쓰는 주택을 그의 돈으로 샀으니 거기서 벌리는 돈에는 그의 몫도 얼마간 있어야 했다. 분명 돈은 벌었을 것이었다. 돈이 안 벌리는데 하숙을 뭐 하러 친단 말인가? 그가 아내로 삼은 여자는 바보가 아니었다.

아무리 늙었다지만 그도 수중에 약간의 돈은 필요했다. 뭐, 그처럼 늙은 사람이 젊은 녀석을 친구로 두면 어쩌다 한 번씩은 이렇게 말할 수 있어야 하지 않겠나. "가자, 친구. 맥주 한잔하지. 내가 좋은 데를 알아. 맥주 한잔하고 영화도 보러 가자고. 내가 사겠네."

코넷 연주자는 자기 몫의 고기와 감자를 먹지 못했다. 그는 한동안 다른 사람들의 머리 너머를 물끄러미 쳐다보다가 방으로 가려고 자리에서 일어났다. 아내가 계단 아래의 작은 복도 공간으로 따라 들어왔다. "왜 그래, 당신…… 어디 아파?" 아내가 물었다.

"아니." 그가 대답했다. "입맛이 없어." 아내 쪽은 보지 않고 천천히 터벅터벅 계단을 올랐다.

월은 다급하게 거리를 헤치고 걸었지만 환하게 불이 밝혀진 번화가로 내려가지는 않았다. 공장 거리에 있는 하숙집에서 월은 북쪽으로 방향을 잡고 철로 몇 개를 건너 이리호 기슭을 따라 부두 쪽으로 갔다. 뭔가 스스로 담판을 지어야 할 것이, 마주해야 할 것이 있었다. 월이 그 문제를 감당할 수 있을까?

월은 처음에는 서둘러서, 나중에는 느릿하게 계속 걸었다. 10월 막바지에 접어드는 때라 공기 중에는 서리처럼 아린 기운이 있었다. 가로등과 가로등 사이의 거리는 멀었고 월은 어두운 부분에 뛰어들었다가 빠져나오기를 반복했다. 어째서 주변 모든 것이 별안간 기이하고 현실감 없어 보이는 거지? 비드웰에서 외투 가져오는 걸 잊었으니 케이트더러 보내달라고 편지를 써야 할 것이었다.

부두에 거의 다 왔다. 밤뿐만 아니라 자기 몸이, 발 아래 포장도로가, 하늘 멀리 떠 있는 별들이, 심지어 당장 지나치는 단단한 공장 건물까지도 기이하고 현실감 없어 보였다. 팔을 내뻗어 손으로 밀치면 안개나 자욱한 연기를 파고들듯 벽을 뚫을 수 있을 것만 같았다. 월이 지나치는 사람들은 전부 기이해 보였고 기이하게 행동했다. 어두운 형체들이 어둠에서 나와 윌에게로 밀려들었다. 어느 공장 벽에는 남자가 한 명 서 있었다. 완벽하게 가만히, 어떤 움직임도 없이. 그런 남자들의 행동과 윌이 지나고 있는 그 시간대의 기이함에는 믿을 수 없다고 할 만한 뭔가가 있었다. 윌은 움직임이 없는 그 남자 옆을 손가락 몇 개 거리만 두고 스쳐 걸어갔다. 사람인가, 아니면 벽에 진 그림자인가? 윌이 혼자 이끌어가야 할 삶은 기이한 것, 망망하고 무서운 것이 되어 있었다. 어쩌면 모든 삶이 그럴지도 몰랐다. 망망하고 공허한 것.

윌은 배를 부두에 매어두고 한동안 대기시키는 곳에 다다라 벽처럼 높이 솟은 선박 측면을 마주했다. 어둡고 버려진 모습이었다. 윌은 고개를 돌렸다가 웬 남자와 여자가 도로를 지나가는 걸 알아차렸다. 먼지가 두껍게 쌓인 도로에서 두 사람의 발은 아무 소리도 내지 않았다. 보이지도 들리지도 않았지만 윌은 그들이 있다는 걸 알았다. 여자 옷의 어느 부분, 하얀 뭔가가 희미하게 퍼뜩했고, 남자의 형체는 밤이라는 어두운 덩어리를 배경으로 한 어두운 덩어리였다. "에이, 왜 그래. 겁낼 거 없어." 남자가 쉰 목소리로 속삭였다. "당신한테는 아무 일도 없을 거야."

"입 다물어." 여자 목소리로 대답이 나오더니 이내 팍 웃음이 터졌다. 형체들은 너풀너풀 멀어졌다. "자기가 무슨 말 하는지도 모르면서." 여자의 목소리가 다시 말했다.

케이트에게서 편지를 받은 지금 월은 더 이상 소년이 아니었다. 소년은 자연히, 스스로 뭘 어떻게 하지 않아도 무언가와 연결되어 있는데, 그 연결은 이제 끊겼다. 월은 둥지에서 내밀렸고 그 사실은, 둥지 밖으로 내밀렸다는 것은 성취였다. 난감한 건, 월은 이제 소년은 아니지만 그렇다고 남자가 된 것도 아니라는 사실이었다. 월은 허공에서 대롱거리는 존재였다. 발을 둘 곳이 없었다.

월은 얼추 남자 티가 나는 어깨를 괴상망측하게 꿈틀거리면서 어둠 속 선박 그림자 아래에 서 있었다. 이제 케이트와 프레드가 서 있고 아버지 톰 애플턴이 페인트 붓을 식탁에 벌여놓았던 애플턴 집의 저녁을 생각할 필요가 없어졌다. 늦은 밤 보석점 직원과 산책하고 와서 애플턴 집의 계단을 올라가는 케이트의 발소리를 생각할 필요가 없어졌다. 오하이오 어느 마을의 어느 양치기 개, 소심한 노파의 떨리는 손길로 우스꽝스러운 꼴이 된 개를 생각하며 제 기분을 띄우려고 애쓰는 게 무슨 소용이란 말인가?

이제 어른 남자의 삶을 똑바로 마주하고 서게 된 것이다. 홀로 서게 된 것이다. 어딘가에 발을 디딜 수만 있다면, 망망한 공허에서 추락하는 느낌을 이겨낼 수 있다면 좋으련만.

'어른 남자의 삶'이라, 생각하면 괴상하게 들리는 말이었다. 이게 무슨 뜻인가?

월은 자신이 공장에서 어른의 일을 하는 다 큰 남자라고 생각하려 했다. 월이 취직한 공장에는 발을 둘 곳이 전혀 없었다. 월은 온종일 기계 앞에 서서 쇳조각에 구멍을 냈다. 소년이 상자 모양 트럭에 실린 짤따랗고 무의미한 쇳조각을 가져오면 월이 하나씩 집어서 드릴 촉 아래에 놓았다. 레버를 당기면 드릴이 내려와 쇳조각을 파고들었다. 매연 같은 증기가 조그맣게 피어올랐고 그러면 월이 드릴 돌아가는 곳에 기름을 뿌렸다. 그러면 레버는 도로 쑥 올라갔다. 드릴로 구멍이 파인 의미 없는 쇳조각은 다시 상자 모양 트럭에 던져졌다. 이 일은 월과 아무 상관이 없었다.

월도 이 일과 아무 상관이 없었다.

공장 점심시간에는 몸을 조금 움직이고 공장 문밖으로 나와 잠깐 햇볕을 쬐었다. 안에서는 남자들이 긴 의자에 줄지어 앉아 도시락을 먹었다. 누구는 손을 씻었지만 또 누구는 그런 사소한 일에 힘을 빼지 않았다. 그들은 말없이 먹었다. 키 큰 남자 한 명이 바닥에 침을 뱉고 발로 쓱쓱 문질렀다. 밤이 오면 공장에서 퇴근해 다른 말 없는 남자들과 앉아 음식을 먹었고 그러고 나면 우쭐대는 노인이 방에 들어와서 이야기를 했다. 침대에 누워 노인의 이야기를 들으려고 애썼지만 이내 까무룩 잠들고 말았다. 남자들은 구멍이 뚫리는 쇳조각 같았다. 상자 모양 트럭으로 내던져지는. 사람은 그 조각과 실상 아무 관계가 없었다. 조각도 사람과 아무 관계가 없었다. 삶은 하루하루의 연속이 되었다. 어쩌면 삶이 다 그런 건지도 몰랐다. 그저 하루하루의 연속일 뿐.

'어른 남자의 삶.'

한 곳을 떠나 다른 곳으로 가는 건가? 청소년기와 성년기는 인생의 각기 다른 시기에 들어가 사는 두 채의 집인 걸까? 케이트 누나에게 뭔가 중요한 일이 곧 일어나리라는 건 분명했다. 원래 케이트는 남동생 둘과 아버지가 있고 오하이오 비드웰의 집에서 그들과 사는 젊은 여자였다.

그러다 언젠가 때가 되면 다른 무언가가 될 것이었다. 결혼해서 다른 집에 살고 남편도 있는. 아이들도 태어나리라. 케이트가 무언가를 찾았다는 건, 손을 뻗어 무언가 확실한 걸 붙잡았다는 건 분명했다. 케이트는 자기가 살던 둥지 너머로 몸을 날리자마자 곧바로 삶이라는 나무의 다른 가지에 발을 디뎠다. 어른 여자의 삶이었다.

어둠 속에 서 있는 월의 목에 무언가가 걸렸다. 월은 이번에도 싸우고 있었다. 그러나 무엇과 싸운단 말인가? 월 같은 사내애는 한 집에서 나와 다른 집으로 들어간 게 아니었다. 살던 집이 있었으나 생각지도 못할 때 난데없이 무너져내린 것이었다. 둥지 둘레에 서서 주변을 둘러보는데 둥지의 온기 속에서 뻗어나온 손이 녀석을 허공으로 밀쳐버렸다. 이 사내애가 발을 둘 곳은 없었다. 녀석은 허공에서 대롱거렸다.

아니, 키가 180센티미터도 넘는 커다란 사내애가 어둠 속에서, 선박 그림자 속에서 어린애처럼 운다고! 윌은 결의에 차서 어둠 밖으로 나와 공장 거리를 걷고 또 걸어 집들이 있는 거리로 들어왔다. 식료품 파는 가게를 지나치다가 안을 들여다보고는 벽시계로 어느덧 열 시라는 걸 확인했다. 어느 집 문에서 술에 취한 남자 둘이 나오더니 현관 앞에 작게 있는 발코니에 섰다. 둘 중 한 명이 발코니 난간에 매달렸고 다른 한 명이 그의 팔을 잡아당겼다. "날 내버려둬. 괜찮으니까. 날 그냥 혼자 내버려두란 말이야." 난간을 붙든 남자가 툴툴거렸다.

윌은 자기 하숙집으로 가서 지친 걸음으로 계단을 올랐다. 제기랄, 마주할 게 뭔지만 알면 뭐든 마주할 텐데!

윌이 불을 켜고 제 방 침대 끄트머리에 앉자 늙은 코넷 연주자가 들이닥쳤다. 숲속 오솔길 덤불 아래에서 몸을 낮추고 먹잇감을 기다리던 작은 동물처럼 들이닥쳤다. 윌의 방에 들어온 노인의 손에는 코넷이 들려 있었고 그의 눈에는 대범하다고 할 만한 기운이 서려 있었다. 방 한가운데에 늙은 다리로 굳건히 서서 그는 선포했다. "이걸 불 거야. 아내가 뭐라든 알 게 뭔가. 난 이걸 불어야겠어."

그는 코넷을 입술에 대고 두세 번 음을 불었다. 소리는 너무 희미해 가까이 앉아 있는 월에게조차 거의 들리지 않았다. 그의 눈동자가 흔들렸다. "내 입술로는 안 돼." 그는 코넷을 월에게 들이밀었다. "자네가 불어."

월은 침대 끄트머리에 앉은 채 미소 지었다. 그때 월의 머릿속에서는 어떤 생각이 둥둥 떠다녔다. 뭔가 위안이 될 생각이던가. 그 순간 월 앞에 있는 남자, 그 방 안 월 앞에 서 있는 남자는 실상 남자가 아니었다. 그는 과연 월만큼이나 어린애였다. 여태 늘 그런 어린애였고 앞으로도 늘 그런 어린애일 것이었다. 지나치게 겁먹을 것 없다. 어린애들은 세상천지 어디에나 있다. 어린애가 망망하고 공허한 허공에서 길을 잃었다면 적어도 다른 어린애에게 이야기할 수 있다. 대화를 하면서 어쩌면 자기 자신과 남들의 영원한 어린애스러움에 대해 뭔가를 이해할 수도 있다.

월의 생각이 대단히 선명했던 건 아니다. 다만 하숙집 꼭대기 층의 그 작은 방에서 갑자기 온기와 편안함을 느꼈을 뿐이다.

남자는 이번에도 자신에 대해 설명하고 있었다. 자신이 어른 남자라는 걸 내세우고 싶어 했다. "내가 저 아래로 내려가 아내와 같은 방에서 자지 않고 여기서 지내는 건 그러고 싶지 않아서야. 다른 이유는 전혀 없어. 내가 원하면 그럴 수 있지. 근데 아내는 기관지염이 있거든. 다른 사람한테는 말하지 마. 여자들은 소문 도는 거 싫어하니까. 그렇게 몹쓸 여자는 아니야. 난 마음 내키는 대로 할 수 있다고."

남자는 코넷을 윌의 입술에 갖다 대면서 불어보라고 윌을 자꾸 채근했다. 그에게는 강렬하고 간절한 열의가 있었다. "곡이 되지는 않을 거야. 요령을 모르니까. 하지만 그래도 상관없어. 그냥 소리만 내란 거야. 무슨 지랄인가 싶게 죽어라 뻑뻑 불어보라고."

윌은 또 울고 싶어졌지만 그날 밤 비드웰에서 기차에 오른 뒤로 줄곧 품고 있던 망망하고 외로운 감각은 이제 사라지고 없었다. '그래, 나도 언제까지 어린애로 살 수는 없지. 케이트도 결혼할 권리가 있어.' 이렇게 생각한 윌은 코넷을 입술에 댔다. 두세 번 음을 불었다. 부드럽게.

"아니야, 말하잖아, 아니라고! 그렇게 하는 게 아

냐! 세게 불어! 겁내지 말고! 자네가 꼭 해야 해. 지랄맞게 불어! 내 똑똑히 말하는데 이 집은 내 거야. 우린 겁먹을 필요가 없어. 내키는 대로 하면 된다고. 어서! 지랄맞게 부는 거야!" 노인은 끈질기게 간청했다.

어느 현대인의 승리: 변호사 불러줘요

나 자신이 관계된―물론 철저히 간접적인 관계란 것은 꼭 알아줬으면 한다―어떤 별난 사연을 풀어보자는 숙제를 기왕 스스로 짊어졌으니만큼 우선 나란 사람을 조금 설명해보겠다.

좋다, 나는 서른두 살 남자고 체구는 작은 편이며 머리카락은 모래 빛이다. 안경을 쓴다. 2년 전까지는 시카고에 살았고 한 사무실에서 직원으로 일해 그럭저럭 괜찮게 생활할 수 있었다. 결혼은 한 적 없다. 여자가, 말하자면 살이 붙어 있는 실제 여자가 나는 좀 무서웠다. 공상과 상상 속의 나는 언제나 퍽 대담했지만 실제 여자 앞에서는 매번 지독하게 겁을 먹었다. 여자들은 마치 무슨 말을 하려는 듯이 조용히 미소 지으면서…… 아니, 지금은 이런 얘기로 빠지지 않겠다.

나는 어릴 때부터 화가가 되겠다는 꿈을 가졌다. 고백하건대 위대한 예술작품을 만들겠다는 열망을 품었기 때문이 아니라, 오로지 화가가 영위하는 삶이 내 입맛에 맞으리라고 생각했기 때문이다.

내가 줄곧 상상하며 좋아한 것은(가능하다면 솔직해져보자) 모자를 비뚜름하게 쓰고 콧수염을 뽐내며 지팡이를 들고 여기저기 돌아다니며 형태니 율동감이니 명암과 양감의 효과니 표면이니 이러쿵저러쿵하는 얘기를 그 자리에서 줄줄 읊는 모습이었다. 화가들과 그 작품, 그들의 우정과 사랑을 다룬 책을 나는 살면서 수두룩하게 읽었다. 형편이 어려워 시카고의 작은 방에서 혼자 지낼 수밖에 없던 시절에는, 확실히 말하건대 화가가 되어 세상에 널리 명성을 떨친 나 자신을 상상하며 칙칙하고 피곤한 숱한 저녁을 버텼다.

어느 오후에 일과를 마친 나는 다른 화가의 작업실로 여유롭게 산보를 나섰다. 그는 아직 작업 중이었고 방에는 모델이 둘 있었다. 전라로 앉아 있는 여자들. 그중 한 명이 내 생각에는 살짝 아쉬움을 담은 듯한 미소를 내게 지어 보였지만, 흥, 나는 이런 유의 일에는 아주 진력이 난 사람이다.

방을 가로질러 친구의 캔버스 앞으로 가서 그걸 살핀다.

그러자 친구가 조금 초조하게 나를 본다. 내가 그보다 뛰어나다는 걸 알아두길. 이는 세상이 까놓고 기꺼이 인정하는 바다. 내 친구는 또 무슨 안 좋은 소리를 들든 자신이 나와 어깨를 나란히 한다고 주장하는 법은 없었다. 사실 어디를 가든 어지간한 사람은 내가 자기들보다 뛰어나다는 것을 알고 있다.

"어때?" 친구가 말한다. 보다시피 그는, 세간의 표현을 빌리자면 내 의견에 상당히 전전긍긍한다. 요컨대 이 친구는 곧 목이 매달릴 사람 같은 태도로 내 말을 기다리고 있다.

대체 왜? 미칠 노릇이다! 이 인간은 왜 만사를 나한테 떠미는 건가? 이런 책임을 짊어지고 다니면 피곤해진다. 화가라면 자기 작품은 스스로 판단해야지 이런저런 질문으로 동료 화가를 곤란하게 하면 쓰나. 내 방식은 그렇다.

어쨌거나 좋다. 내 말에 날이 서 있어도 다 본인 탓인 것을. "네가 쓴 노랑은 좀 탁해. 이쪽 여자 팔에는 느낌이 없고. 그림에선 여자 팔이 느껴져야 할 것 아냐. 충고하자면 색 조합을 바꾸는 게 좋겠어. 너무 산만하게 흩뿌려놨잖아. 통합을 좀 해봐. 그림은 애가 던져서 벽에 들러붙은 축축한 눈덩이처럼 뭉쳐져야지."

나이 서른이 되어서, 그러니까 2년 전에 나는 친척 아주머니, 정확히는 아버지의 누이로부터 어쩌면 내게 상속되지 않을까 오래도록 꿈꿔왔던 상당한 재산을 받았다.

고모님을 직접 뵌 적은 한 번도 없었지만 생각은 늘 하고 지냈다. '고모님을 꼭 뵈러 가야겠다. 안 그러면 그 노부인이 서운하게 생각해서 돌아가실 때 내게는 동전 한 푼 안 남길 테니까.'

나란 녀석은 운도 좋은 것이, 그리고 고모님을 뵈러 간 때가 마침 그분이 돌아가시기 직전이었다.

나는 끝을 보고 말겠다는 각오로 시카고에서부터 길을 나섰다. 대망의 그날 고모님 곁을 지키지 않은 건 내 잘못이 아니다. 아무리 고모님이 여자여도(여러분이 안다는 걸 모를 만큼 내가 멍청하진 않다) 그날이라면 고모님과 같이 보낼 의향이 있었지만 그게 불가능했다.

고모님이 사는 곳은 위스콘신 매디슨이었고 내가

그곳에 간 것은 토요일 아침이었다. 고모님 집은 문이 잠겨 있었고 창문이 판자로 막혀 있었다. 다행히 바로 그 순간 우편배달부가 왔고, 그는 내가 고모님 조카라고 하자 그분 주소를 알려줬다. 고모님 소식도 몇 가지 전해줬다.

고모님은 여러 해 동안 건초열*을 앓고 있는 터라 여름이 되면 매번 지역을 옮겨서 지냈다.

내게는 기회였다. 냉큼 호텔로 가서 고모님께 편지를 쓰며, 이렇게 찾아뵈러 왔는데 댁에서 뵙지 못한 애통함을 내가 지닌 모든 능력을 다 끌어모아 표현했다. 그러면서 생각했다. '하루이틀 하는 일은 아니지만 기왕 하려면 잘하는 게 좋겠지.'

뭐랄까, 모종의 느낌이 손으로 들어왔다. 꼬집어 말할 순 없지만 달변이 되어야 한다는 건 앉자마자 똑똑히 알았다. 그 순간의 나는 누가 뭐래도 시인이었다.

우선은 숙녀에게 편지를 쓰는 사람이라면 응당 그래야 하듯 하늘 이야기를 꺼냈다. "하늘이 온통 구름으로 얼룩덜룩합니다." 이어서, 까놓고 인정하건대

---

* 꽃가루가 점막을 자극해서 일어나는 알레르기로 결막염이나 천식 등의 증상이 나타난다.

잔인하리만치 천연덕스럽게, 나를 사실상 슬픔에 몸도 못 가누는 사람으로 표현했다. 사실을 말하면, 나는 그저 전문가답게 작업하기만 한 것이 아니었다. 열정이 불타올라 글이 술술 써지는 경지였단 말이다. 단어들이 그야말로 펜에서 흘러나왔다.

나는 하나뿐인 여자 친척의 집까지 오느라 길고 피로한 여정을 거쳤다고 말한 다음 그쯤에서 내가 고아라는 사실을 편지에 툭 던지듯 언급했다. "집이 비어 있고 창문이 판자로 막힌 모습에 제가 얼마나 비통하고 허망했을지 헤아려주세요."

그곳, 위스콘신 매디슨의 호텔에 앉아 손에 펜을 쥐고 나는 떼돈을 벌었다. 뭔가 대담하고 영웅적인 것이 마음속에 들어와 같은 집안의 여자 어른 앞이 아니고서야 여성 앞에서 절대 거론해서는 안 될 말을, 그마저도 의사쯤 되지 않고서야 해선 안 될 말을 나는 한순간의 망설임도 없이 편지에 적었다. 고모님의 유방을 들먹인 것이다. 양쪽이라고 밝혀서.

내 지친 머리를 고모님의 양쪽 유방에 내려놓고 싶었다고, 그렇게 말했다. 사실대로 말하자면 글에 취해버렸던 것인데, 지금 생각하니 그렇게 되어서 얼마나 다행인지 모르겠다. 조지 무어* 선생, 클라이브 벨* 선생, 폴 로즌펠드‡ 선생을 비롯해 누구보다 탁월한 기교로 영어를 구사하는 작가들은 화가에 대해 글을 많이 썼다. 그리고 앞서 설명했다시피 나는 시카고에서 구할 수 있는 영문 책과 잡지 기사 중 화가들의 생애와 그들의 작품을 다룬 것이라면 읽지 않은 게 없다.

내가 지금 전하고자 하는 바는 위스콘신 매디슨의 호텔에서 이룩한 문학적 성과에 대한 자부심 비슷한 것이다. 당시의 내가 예술가였다면 틀림없이 다른 어느 예술가와도 비교할 수 없을 만큼 빠르고 전폭적인 인정을 받았을 것이다.

지친 머리를 고모님의 양쪽 유방에 올려놓느니 하는 말을 했으니(그 가엾은 여인은 끝내 날 보지 못하고 돌아가셨다) 이어서 내 전체적인 인상을 전달하며—이게 또 퍽 허심탄회하고 정확했다—다소 어리벙벙한 정신으로 갈팡질팡 인생을 방황하는 어딘지 소년 같은 인물을 그렸다. 허구지만 그런대로 정확하게 나 자

---

* 아일랜드의 작가 겸 예술비평가.
† 영국의 예술비평가.
‡ 미국의 기자 겸 비평가.

어느 현대인의 승리: 변호사 불러줘요

신을 나타낸 이 인물, 그 순간 내 상상 속에서 태어난 이 인물은 암담한 수렁 같은 우울을 헤치고 거친 산 같은 역경을 넘고 메마른 사막 같은 고독을 뚫고 힘겹게 살아오며 이 드넓은 세상에서 평화와 안식을 찾기를 기대한 단 한 곳을 향했다. 그곳이 곧 고모님의 젖가슴 위였다. 그러나 앞서 설명했다시피 나는 뼛속까지 현대인이며 현대적인 대담함으로 똘똘 뭉쳐 있으므로 구식 작가가 썼을 법한 젖가슴이란 단어를 쓰지는 않았다. 내가 쓴 단어는 양쪽 유방이었다. 집필을 마쳤을 때 내 눈에는 눈물이 고여 있었다.

그날 쓴 편지는 호텔 편지지로 일곱 장쯤 되어서—여백이 없을 정도로 촘촘히 채워 썼다—우편으로 부치려면 4센트를 줘야 했다.

'이걸 보내, 말아?' 생각하며 호텔 서재에서 나와 우체통 앞에 섰다. 편지는 엄지와 다른 손가락 사이에 반듯하게 껴 있었다.

"어느 쪽을 고를까요.
검둥이 발가락을 잡아라."

왼손 검지로—오른손으로는 편지를 들고 있었다—코, 입, 이마, 눈, 턱, 목, 어깨, 팔, 손을 짚은 다음 마침내 편지를 건드렸다. 편지를 우체통에 넣겠다고 처음부터 작정했음은 당연하다. 나는 줄곧 예술가의 일을 하고 있었으니까. 뭐, 예술가들은 허구한 날 자기 작품을 파괴하겠다고 말하지만 실제로 그렇게 하는 사람은 거의 없지 않나. 진짜 그렇게 하는 예술가가 인생의 진정한 주인공이리라.

그리하여 툭 소리와 함께 편지가 우체통에 떨어졌고 내게는 떼돈이 생겼다. 편지는 자신을 죽음에 이르게 할 병환으로 병상에 누워 계신—건초열 말고도 다른 이상이 있었던 듯하다—고모님에게 잘 당도했고 고모님은 내게 유리하게끔 유언장을 고쳐주셨다. 원래 그분의 뜻은 연 5,000달러 수익이 나오는 상당한 액수의 돈을 건초열 치료법 연구를 위해 설립될 재단에—그러니까 실질적으로는 자신과 동병상련인 사람들에게—남기는 것이었으나 그 돈을 대신 내게 남겨주신 것이다. 고모님이 안경을 찾지 못해서 간호사가—신이 그녀에게 창창한 앞날과 훌륭한 남편을 내려주시기를—편지를 소리 내어 읽어줬다. 두 여자 모두 깊이 감동했고 고모님은 눈물을 흘렸다. 내가 오직 사실만 말하고 있다는 걸 알아줬으면 하지만, 한편으로는 이 사건 전체가 가히 현대 예술의 힘을 보여주는 증거라고도 제언하고 싶다. 나는 처음부터 현대인들의 확고한 신봉자였다. 예술비평가가 쓸 법한 어휘를 빌리자면 나는 각종 사조에 재깍재깍 동참해왔다. 처음에는 인상파였고 이후에는 입체파, 후기인상파였으며 소용돌이파이기까지 했다. 상상 속 인생에서 화가인 나는 몇 번이고 몇 번이고 매혹되고 휩쓸렸다. 예를 들어 피카소의 청색 시대를 기억하는데…… 이 얘기로 빠지진 않겠다.

내가 하려는 말은 말이다, 이렇게 현대성을 믿었기에, 이 단어를 써도 된다면 '그러므로', 위스콘신 매디슨의 그 호텔 서재에 앉아 있던 그때 나 자신의 내면에서 묘한 대담함을 발견했다는 것이다. 나는 유방이란 단어를 (알다시피 양쪽이라고 밝혀서) 썼는데, 이게 일면식도 없는 고모님에게 보낼 편지에 쓰기에는 대담하고도 현대적인 단어란 건 누구나 인정할 것이다. 이 단어가 고모님과 나를 한 가족으로 묶어줬다. 고모님은 정숙하시니 그 밖의 것은 결코 인정하셨을

리 없다.

그렇게 해서 고모님은 진정으로 감동하셨다. 나는 이후 간호사와 이야기를 나누고 이번 일에 힘써준 데 대해 제법 두둑이 사례했다. 편지가 낭독되자 고모님은 내게 마음이 쓰여 어쩔 줄을 모르셨다. 고모님의 얼굴이 벽 쪽으로 돌아갔고 어깨가 들썩였다. 이렇게 글을 쓰는 나 역시 감동하지 않았다고는 생각하지 말기를. "딱한 청년 같으니." 고모님이 간호사에게 말씀하셨다. "내가 고생을 덜어줘야겠네. 변호사 불러줘요."

그런 교양

롱먼은 내가 6년인가 8년 전에 파리에서 만난 남자다. 그는 라스파이유 대로에 있는 방 한 칸에서 아내와 함께 살고 있었다. 그 집까지 올라가기는 힘겨웠다. 건물에 엘리베이터가 없었다.

그를 어디서 처음 봤는지는 가물가물하다. 마담 T의 작업실이었으려나. 마담 T는 미국인 여자다. 출신지는 인디애나폴리스. 아니, 데이턴이었던가?

여하간 마담 T는 한때 스페인 시인 사라센의 정부였다고 했다. 그 얘기를 해준 사람이 열 명도 넘는다. 사라센이 노인이었을 때랬다.

근데 사라센이 누구람? 나는 들어본 적 없는 사람이었다. 이 얘기를 메이블 캐더스에게 했다. 메이블은 시카고 출신. 메이블이 펄쩍 뛰었다. "네가 무슨 수로 알겠어? 너 스페인어 모르잖아."

맞는 말이었다. 나는 몰랐다.

마담 T에게는 갑상샘종이 있지 않을까 싶었다. 목에 노란 리본을 두르고 다녔으니까. 나는 그해 여름 내내 경박스럽게 굴었다. 메이블과 같이 있으면 그렇게 됐다. 마담 T의 작업실에 있을 때마다 나는 항상 어릴 적 오하이오 우리 마을에서 부르던 노래를 떠올렸다.

"그녀는 목에 노란 리본을 둘렀어요.
밤에도 낮에도 언제나 두르고 다녔죠.
왜 그렇게 리본을 두르냐 물으니
머나먼 곳에 있는 연인을 위해서래요."

마담 T만큼 돈이 많으면 설사 갑상샘종이 있어도 괜찮다. 그녀는 더없이 아름답고 세련된 드레스를 입었으니까.

마담 T는 사라센이 나이를 먹었을 때 그를 다정하고 살뜰하게 보살폈다고 했다. 정신이 흐릿해진 문학계의 나이 든 거장을. 내게도 그런 사람이 생기면 좋겠다 싶었다. 메이블에게도 그렇게 말했다. 우리는 작은 호텔 한 곳에서 지내고 있었다. 메이블의 남편은 고향 시카고에 있겠거니 생각했다. "근데 넌 거장도 아니고 앞으로도 그렇게 될 일 없잖아." 메이블이 빙긋 웃으며 말했다. 미소가 너무 친절해서 말의 내용은 아무래도 좋았다.

딱 그 무렵에 자주 떠올리던 다른 노래가 있다. 가사는 이렇게 흘러간다.

"저곳이 그녀가 낮 동안 지내는 곳
밤 동안은 어디서 지내는지 알고 싶어라."

이 노래에서 내가 아는 부분은 이게 전부다.

메이블이 어디로 다니는지는 도무지 알 수 없었다. 밤낮없이 온 파리를 쏘다녔으니까. 그렇다고 프랑스어를 하는 건 아니었다. 메이블은 문화를, 교양을 배우고 있었다. 그게 목적이었다. 본인 입으로도 내게 그렇게 말했다. 나는 메이블이 좋았다.

아무튼 그건 그렇고, 내가 헨리 롱먼을 만난 장소는 마담 T의 작업실이었다고 해두자. 그 집은 센강 좌안에 있었다. 거리 이름은 까먹었다. 프랑스 이름은 도통 머리에 남질 않아서. 집에는 안뜰이 있었다. 뉴올리언스의 오래된 주택에서 볼 수 있는 그런 공간. 뉴올리언스에서는 '파티오'라고들 한다. 작업실은 1층 전체를 차지했다. 랠프 쿡이 날 거기에 처음 데려갔다. 여러분은 랠프를 모르는구나. 뭐, 상관없다.

마담 T는 유럽 화가들의 그림을 여러 점 사들여놓았다. 거금을 줘야 하는 것들이었다. 세잔, 고흐 등등. 내 기억으로는 모네 그림도 많았다.

쿡도 모네 그림을 몇 점 갖고 있었다. 그는 미국 부자의 아들이었다.

쿡은 옥스퍼드 대학에 다녔다. 학생 신분으로, 학위를 따려고 공부했던 듯싶다. 그러다 젊은 영국인 한 명을 데리고 돌아왔다.

그 영국인은 뺨이 발그레하니 혈색 좋은 부류였다. 시종일관 소리 내어 웃었다. 그에게 삶이란 장대한 한 편의 공연이었다. 영국 귀족의 아들이었고 본인도 작위가 있었지만 드러내지 않았다. "제발 부탁이니 아무한테도 말하지 마." 내게 들켰을 때는 이렇게 말했다.

그는 미국인들과 있는 걸 즐겼다. 그와 쿡, 메이블,

나는 함께 마담 T네에 갔다. 벽에 그림이 여럿 걸려 있는 아래층 큰 방에 사람이 많이 모여 있었다. 대체로 남자 같은 여자들과 여자 같은 남자들이었다. 시와 함께하는 오후가 될 것이었다.

열린 창 너머로 바깥의 자그마한 안뜰이 보였다. 안뜰 한쪽 구석에는 돌로 만든 작은 구조물이 있었다. 위에는 비둘기 석상이 앉아 있었다. 사랑의 신전이라고 누군가가 알려줬다.

영국인은 그걸 좋아했다. 그런 발상을 유쾌하게 생각했다. 쿡과 메이블을 대동하고 거기서 예배를 올리고 싶다고 말했다. "해보자." 영국인이 속닥였다. "같이 가서 무릎을 꿇는 거야. 다들 우릴 보겠지. 그럼 방금 사랑이 우리를 찾아왔다고 선포하는 거야."

메이블은 사랑은 그렇게 가볍게 다룰 소재가 아니라고 말했다. 메이블은 그 영국인을 못마땅해했고 나중에 내게 그 사실을 말해줬다. "그 사람은 신성한 걸 너무 경박하게 다뤄." 나는 메이블이 마담 T로 사는 걸 좋아할 것 같다고 짐작했다. 그럴 돈은 없었지만.

"뭘 사랑하는 건데?" 쿡이 으르렁댔다. 쿡은 덩치 좋고 어깨가 떡 벌어진 청년으로 텍사스 어딘가 출신이었다. 옥스퍼드에서는 이름깨나 날렸다고 한다.

젊은 영국인도 학자였다. 그런 일을 하기에는 생각이 지나치게 가벼워 보였지만 쿡 말로는 괜찮은 사람이었다. "옥스퍼드에선 저 친구의 지성에 온 강의실이 환해지기도 했다고." 쿡이 말했다.

오후에 마담 T네에 갔더니 무슨 의식 같은 게 치러지고 있었다. 한 여자가 일어나 시를 낭독했다. 비둘기 이야기가 많이 나왔는데 나는 그 상징을 정확히 이해할 수 없었다. "비둘기가 뭐 어쨌다는 거야?" 메이블에게 물었지만 메이블도 몰랐다. 메이블은 박식하지 않은 자신이 창피스러운 모양이었다. 쿡이 나중에 말해주기로 영국 상류층 사이에선 그런 대화가 많이 오간다고 했다. "음, 이런 게 교양이지, 안 그래? 넌 이게 목적이잖아, 아니야?" 메이블은 내 물음에 경멸로 대꾸했다.

쿡과 친해져서 온 젊은 영국인은 쿡에게 이런 얘기를 많이 들려줬다. 옥스퍼드에서 쿡과 안면을 튼 뒤로는 산책하며 이런 얘기를 나눴다고 했다.

한 장소에 너무 오래 사니까 저런 생각들이 나오는 것 같다고 젊은 영국인은 쿡에게 말했다. 영국인은 영국에 너무 오래 살았고 프랑스인은 프랑스에, 독일인은 독일에 너무 오래 살았다는 것이다. 그는 "러시아인과 미국인은 아직 원시인이야"라고 했다. 이 말은 메이블의 심기를 건드렸다. 메이블과 내가 느끼기로는 우리 고국을 비하하는 말 같았다. 쿡이 설명하는 모양이 그랬다.

유럽인들은 너무 권태롭다고, 그 영국인은 쿡에게 말했다. 그에게는 사람들이 어떠하다는 관념이 있었다. 사람들은 새로운 장소에 가면 인생도 덩달아 더 잘 풀리리라고 믿는 게 분명하다나. 그런 마음으로 유럽을 떠나 미국으로 간 이들이 한 무더기였다. 미국인들은 아직도 노상 떠돌고 있었다. 메이블과 나 같은 사람은 확실히 그랬다.

러시아인 역시 대단한 방랑자였다. 그들은 새로운 형태의 정부를 통해 민족이 구원받을 가능성을 믿었다. 그런 건 "순 말도 안 되는 헛소리"라고, 그 영국인은 쿡과 대화하던 중에 말한 바 있다. 메이블과 내가 이 모든 걸 쿡에게서 들었음을 알아달라. 확실히 쿡은 텍사스를 떠난 뒤로 배운 게 많았다.

젊은 영국인은 미국인이 하나같이 원시인이라고 생각했다. 아직도 정부의 존재 가치를 믿을 수 있는 사람들, 천국이 더 잘 풀린 또 다른 미국이라 여기며 그곳을 바라보는 사람들이라고 생각했다. 미국인은 이를테면 금주법 같은 것도 효과가 있다고 믿었다.

이런 태도는 가끔 그렇게 보이는 것과 달리 단순히 남들 삶에 참견하기 좋아하는 열성의 문제가 아니었다. 여기에는 모든 사람이 구원받을 수 있다는 다소 유치한 믿음이 깊숙이 자리 잡고 있었다.

그런데 무슨 뜻으로 '구원받는다'고 하는 걸까?

"그 표현을 쓸 때는 그냥 말 그대로를 의미하는 거야. 이 황무지 같은 삶을 벗어나도록 자기들을 이끌어 줄 선하고 강력한 지도자를 찾을 수 있을 거라고 어렴풋이 생각하는 거지."

"모세가 이스라엘 자손을 이집트에서 나오도록 이끈 그런 건가?"

"유대인 얘기가 아니잖아." 그러고 나서 메이블은 그날 오후가 얼마나 지적이었는지 반복하여 얘기했다. 멋들어진 시간이었다고 했다. 그렇다손 치더라도 거기서 왕창 오간 크라프트에빙* 같다고 해야 할까

---

* 독일·오스트리아의 정신의학자 리하르트 폰 크라프트에빙.

싶은 대화는 내 머리에 들어오지 못했다. 메이블도 이해하지 못했다는 걸 나는 안다. 우리는 둘 다 뭔가를 놓친 채였다. 세상만사가 권태로운 사람들 사이에 있어본 일이 부족해서였으려나.

그나저나 헨리 롱먼 이야기에서 너무 멀어졌다. 이제 그에게로 가보자.

롱먼은 오하이오 클리블랜드 출신이다. 우리가, 적어도 내가 그를 처음으로 본 건 마담 T네에 갔던 그날 오후였다. 거기서 롱먼은 이상한 인물이었다. 일단 아내와 함께 온 것부터가 그랬다. 그 자리에서 그런 모습은 그 자체로 이상했다.

쿡과 젊은 영국인이 롱먼에게 득달같이 달려들었던 것 같다. 이미 말했다시피 롱먼은 라스파이유 대로에 있는 원룸 꼭대기 층에 살았다.

건물이 6층짜리였으니 여섯 층 계단을 타야 했다.

헨리의 아내는 덩치가 있는 금발이었고 헨리 자신도 덩치가 좋으며 얼굴이 투실투실하고 붉었다. 쿡은 어떻게 알았는지 롱먼의 신상을 꿰고 있었다.

롱먼은 클리블랜드 출신이고 그의 아내도 마찬가지였다. 아버지는 그 동네에서 사탕 제조업을 했다.

아내 쪽 아버지도 부자였다.

두 아버지는 청년 시절 근면하게 일해 미국 사회에서 성공했다. 둘 다 부자가 되었다.

그런데 그들의 아들과 딸은 문화에 허기가 졌다. 아버지들은 두 사람이 반쯤은 자랑스럽고 반쯤은 부끄러웠을 것이다. 여자는 대학에 다닐 때 시로 상을 탔다. 그 시는 격조 높은 어느 미국 잡지에 발표되었다.

그후 여자는 아버지 친구의 아들인 청년과 결혼했다. 둘이 파리로 가서 살았다. 살롱을 차렸다.

두 사람이 엘리베이터도 없는 옛날 건물 꼭대기 층을 택한 건 그곳이 둘에게 예술적으로 보였기 때문이었다.

두 사람은 프랑스인들을 집에 불러들이는 일에 공을 들였고, 사람들은 당연히 왔다. 왜 안 오겠는가? 먹을 게 있고 마실 게 있는데. 둘 다 차고 넘치는데.

롱먼과 그의 아내는 프랑스어를 거의 하지 못했다. 메이블과 나랑 비슷한 정도였다. 둘은 이 언어를 도통 터득하지 못했다.

롱먼은 우리가 자신을 상류층 영국인으로 봐줬으면 했다.

그는 집안이 영국계라고 어렴풋이 암시했다. 혈통

은 좋은데 몰락한 가문인가 보다 싶었다. "그게 말이 되나? 돈이 저렇게나 많은데." 젊은 영국인이 메이블에게 물었다. 그 남자, 젊은 영국인은 메이블에게 호감이 있었다. "그 남자는 네가 원시인 같고 흥미롭다고 생각해." 나는 메이블에게 계속 말했다. 나도 못되게 굴 줄 알았다. 롱먼에게는 아버지가 돈을 잔뜩 보냈고 그의 아내에게도 아버지가 얼마간 돈을 보냈다. 돈이 그렇게 많은데도 두 사람은 가난해 보이고 싶어 했다. "빚 때문에 죽겠다니까." 롱먼의 아내는 입버릇처럼 말했다.

그 여자가 그렇게 말할 때 우리는 자리에 앉아 프랑스에서 손꼽게 비싼 와인들을 마시고 있었다.

그들은 항상 주위에 사람을 모아뒀다. 그들 방식대로 음식과 와인을 먹여서.

와인이 들어왔다. 병이 열리고 금발 아내에게 한 잔이 따라졌다. 그녀는 첫 모금에는 매번 얼굴을 찌푸렸다. "헨리." 아내가 남편에게 따끔하게 말했다. "이 와인, 코르크가 살짝 오염된 것 같아." 메이블은 그게 대단한 솜씨라 생각했다. 그 말만큼은 그 금발도 익힌 것이었다. 아내가 그 말을 하면 남편이 달려왔다. 우리는 화가들 쓰라고 지어놓은 큰 원룸에 있었다. 천장은 유리였다. 구석에는 미국의 작은 호텔에서 볼 법한 싸구려 개수대가 있었다. 남편은 경악한 얼굴로 달려가 와인을 개수대에 부어버렸다.

값비싼 와인이 저렇게 없어지다니. 메이블이 몸을 떠는 게 보였다. "메이블은 집안 살림 알뜰하게 잘하겠다." 쿡이 내게 속닥거렸다.

롱먼이 이야기를 시작했다. 그는 자신이 영국 정부, 그러니까 다우닝가 같은 데서 받은 무슨 중요한 임무를 수행하러 파리에 와 있는 사람이란 인상을 주려 했다. 그렇게 콕 집어 말하지는 않았지만.

롱먼은 무슨 책도 언급했다. 그가 쓰고 있었거나 써놓은 책이라고 생각해야 할 거다. 나도 이건 확실히 파악하지 못했다. '나폴레옹 같은 내 인생'이라든가 '다우닝가에 얽힌 내 비밀' 같은 제목을 그가 얘기하진 않았으니. 롱먼은 대관절 이런 느낌을 우리에게 어떻게 전달한 걸까? 그가 중요한 작품을 몇 편 집필했다는 인상은 뚜렷하게 남았다. 그는 숫제 너무 겸손해서 자기 작품을 직접 언급하지 못하는 작가 같았다.

우리는 다 알게 되었다. 여러 날이 가고 여러 달이 가도록 이야기가 이어졌으니.

이 클리블랜드 출신 미국인들은 자기들끼리도 중요한 사람 행세를 했고, 손님들도 중요한 사람 행세를 했다.

그들, 손님들은 파리에서 지내는 중요한 이유가 있는 것처럼 행세했다. 소소하게 이어지는 거짓말들, 저마다 상대방에게 거짓말을 했다.

안 될 게 뭔가? 나는 쿡, 메이블, 젊은 영국인과 함께 그곳에 여러 번 갔다. 저녁마다 번번이 똑같은 일이 벌어졌다.

메이블, 쿡과 나는 때때로 젊은 영국인에게 살짝 싫증이 났고 메이블은 그 앞에서 티를 냈다. 영국인이나 쿡에게는 좀 힘든 일이었다. 쿡은 그 영국인한테 붙을지 우리랑 있을지 결정해야 했다. 쿡은 우리에게 붙었고, 이유는 당연하게도 메이블이었다.

메이블이 우리 무리에서 사람 잘라내는 모습을 보는 게 가히 장관이었다고 쿡은 말했다. 우리가 작은 무리를 이루긴 했다. 우리가 묵는 센강 좌안의 값싼 호텔에 사람들이 모였으니까. 쿡이 거기 와서 지냈고 서너 명이 더 왔다. 정확히 말해주자면 모두 남자들이었다.

우리는 다들 롱먼네에 자주 갔다. 그 집에는 좋은

음식과 좋은 와인이 있었으며, 와인 코르크가 오염되었다고 하는 롱먼 아내의 말을 듣는 걸 다들 좋아했다. 그녀는 우리가 도착한 뒤 처음으로 꺼낸 병의 첫 모금을 맛보고 나면 어김없이 그 말을 했다. 누구 다른 사람이 오면 또 그 말을 했다. 메이블은 미국에 금주법이 있어서 아쉽다고 했다. 그 말로 고향 사람들을 놀라게 해주면 좋겠다는 얘기였지만, 그러려면 돈이 너무 많이 들었다.

메이블은 우리 모두가 교양을 쌓으려고 유럽에 왔고 그 교양을 쌓고 있는 것 같다고 말했다. 쿡과 나 그리고 다른 몇 사람이 그녀에게 그런 느낌을 전해주려 했다.

메이블은 교양을 쌓을수록 시카고 느낌이 들어서 문제라고 말했다. 거의 시카고에 있는 거나 다름없다고 했다. 전원 남자인 미국인 네댓 명이 우리가 묵던 호텔에서 같이 지내기 시작한 후로 메이블이 익힌 그 교양이란.

"남편 돈을 이렇게 많이 들이지 않고도 지금 쌓고 있는 교양을 다 쌓을 수 있었겠다 싶어. 이러니저러니 해도 나한테 필요한 만큼은 시카고에서도 다 쌓았을 거야." 그해 여름 메이블은 여러 차례 선포하듯 말했다.

그 여자 저기 있네, 목욕 중이야

오늘도 일을 하나도 안 했다. 미칠 노릇이다. 아침에는 평소처럼 사무실로 출근했고 저녁에는 보통 때와 같은 시간에 귀가했다. 나는 아내와 여기 뉴욕 브롱크스에 있는 다세대 주택에 살고 있으며, 우리에게 아이는 없다. 나이는 내가 아내보다 열 살 위다. 우리 집은 2층에 있고 건물 사람 모두가 쓰는 복도가 아래층에 조그맣게 있다.

내가 얼간이인지 아닌지, 갑자기 살짝 미쳐버린 남자인지 아니면 정말로 명예를 훼손당한 남자인지만 판가름할 수 있다면 내겐 별 문제가 없을 것이다. 사무실에서 더없이 희한한 일을 겪은 뒤였으므로 오늘 저녁 귀갓길의 나는 아내에게 모든 걸 말하고야 말겠다는 결의에 차 있었다. '아내한테 말한 다음 그 여자의 얼굴을 관찰할 테다. 아내가 대경실색하면 내 의심이 전부 사실이라고 확신할 수 있겠지.' 나는 속으로 생각했다. 지난 2주 사이 내 모든 게 달라졌다. 나는 더 이상 전과 같은 남자가 아니다. 예를 들어 나는 '대경실색' 같은 단어를 생전 쓴 적이 없었다. 그게 무슨 뜻인가? 단어 뜻도 모르는데 아내가 대경실색했는지 아닌지를 무슨 수로 알아보지? 어릴 적 책에서 본 단어가 틀림없다. 탐정 소설이었던가. 아니, 가만. 어쩌다 그 말이 머릿속에 들어왔는지 알겠다.

하지만 내가 여러분에게 들려주려는 이야기는 이게 아니다. 말했다시피 오늘 저녁 나는 퇴근해서 집으로 가는 계단을 올랐다.

집에 들어와서는 큰 소리로 아내에게 말했다. "여보, 뭐 하고 있어?" 이렇게 묻는 내 목소리가 낯설었다.

"나 목욕 중이야." 아내가 대답했다.

이렇게 해서 당신은 아내가 집에서 목욕하고 있었음을 알게 된다. 거기 있었군.

아내는 늘 나를 사랑하는 척하지만, 지금 어쩌고 있는지 좀 봐라. 저 여자 머릿속에 내가 있을까? 저 여자 눈에 다정한 빛이 있나? 길을 걸을 때 나를 꿈꿀까?

미소 짓고 있는 아내가 보인다. 웬 청년이 방금 막 아내 옆을 지나갔다. 수염을 찔끔 기른 키가 큰 사내이며 담배를 피우고 있다. 그럼 묻겠는데, 저 사람이 나처럼, 어떤 면에서는 세상을 굴러가게 한다고 할 수 있는 남자인가?

휘스트* 동호회 회장인 남자를 알고 지낸 적이 있다. 그 남자 참 대단했지. 사람들은 휘스트 하는 법을 알고 싶어 했다. 그런 사람들이 그에게 편지를 썼다. "카드를 세 장 냈는데 오른쪽 사람한테 카드가 아직 세 장 있고 나한테는 두 장만 있으면 어쩌고저쩌고."

내 친구, 지금 이야기하는 그 남자는 질문과 관련된 내용을 찾아보고 편지를 썼다. "규칙 제406조를 보면 어쩌고저쩌고."

요는 그가 세상에서 어느 정도 입지가 있는 사람이란 거다. 세상 돌아가는 데 힘을 보태는 사람이고 나도 그를 존중한다. 우리는 자주 함께 점심을 먹었다.

---

* 네 명이 둘씩 편을 나눠 하는 카드 게임.

말이 옆길로 샜다. 내가 지금 생각하고 있는 녀석들, 여자들한테 추파나 던지며 거리를 지나다니는 애송이들…… 저것들은 하는 게 뭔가? 수염이나 배배 꼬지. 지팡이나 들고 다니지. 웬 올곧은 남자가 저것들을 먹여 살린다. 웬 얼간이가 저것들 아버지다.

저딴 녀석이 거리를 걷는다. 내 아내 같은 여자, 올곧지만 인생 경험은 그다지 많지 않은 여자를 마주친다. 미소를 짓는다. 눈에 다정한 빛이 어린다. 순 기만이다. 순 풋내 나는 헛짓거리다.

여자들이 무슨 수로 알겠는가? 여자들은 애다. 아무것도 모른다. 남자는 어디 사무실에 출근해서 이런저런 일을 계속 굴리는데, 그 남자 생각은 하나?

진실은 이 여자가 알랑방귀에 놀아났다는 것이다. 아껴뒀다가 오직 남편에게만 허락해야 할 다정한 눈빛이 허비된다. 앞으로 어떻게 될지는 모르는 법이다.

하, 그래도 이 사연을 여러분에게 들려줘야 한다면 어디 시작해보자. 말은 하고 또 하는데 알맹이가 없는 남자는 어디를 가나 있다. 나도 그런 부류가 되어가는 것 같아 걱정이다. 이미 말했다시피 나는 저녁에 퇴근해 지금은 우리 집 복도에, 문 바로 안쪽에 서 있다.

아내에게 뭘 하고 있냐고 물었고 아내는 목욕 중이라고 했다.

그래, 내가 얼간이인 거지. 나가서 공원 산책이라도 해야겠다. 만사를 까놓고 직시하지 않으려 해봤자 소용없다. 모든 걸 까놓고 직시해야 모든 게 말끔히 정리되는 법이다.

아하! 내게도 이런 바람이 불었구나. 침착하게 냉정을 유지하겠다고 말했지만 지금 나는 냉정을 잃었다. 사실 점점 화가 치민다.

내가 덩치는 작다. 하지만 분명히 말하는데 도발하면 나도 싸운다. 소년 시절에는 학교 운동장에서 다른 소년과 싸운 적도 있다. 그 애는 내 눈에 시커먼 멍을 남겼으나 나는 녀석의 이를 하나 날려줬다. "어떠냐, 받아라, 받아. 이제 나한테 꼼짝 못 하겠지. 네놈의 수염을 헝클어뜨릴 테다. 지팡이 이리 주시지. 동강 내서 던져버릴 테다. 죽이진 않을 거야, 이 어린놈아. 난 내 명예를 지키려는 거니까. 아니, 그냥 봐주진 않아. 받아라, 받아. 앞으로는 길에서 남편 있는 얌전한 여자가 몸가짐을 가다듬으며 가게에 들어가거나 하는 걸 봐도 눈에 다정한 빛을 담고 그 여자 쪽을 보지 않도록 해. 일을 하는 게 네놈한테 나은 길이야. 은행에 일자리를 구해. 노력해서 위로 올라가라고. 네놈이 나더러 고약한 영감쟁이랬지. 영감쟁이도 들이받을 줄 안다는 걸 보여주마. 받아라, 받아."

좋다, 거기, 읽고 있는 당신 역시 내가 얼간이라 생각하는군. 비웃고 히죽대는데. 나를 좀 봐라. 당신은 여기 공원을 걷고 있어. 개를 끌고 가고 있지.

당신 아내는 어디에 있나? 뭘 하고 있나?

뭐, 집에서 목욕하고 있다고 치자. 아내가 무슨 생각을 하고 있나? 목욕하며 꿈을 꾸고 있다면 누구 꿈을 꾸지?

하나 말해주겠는데, 거기 개 끌고 가는 당신, 아내를 의심할 이유가 없을지 몰라도 당신은 나와 같은 처지다.

아내는 집에서 목욕하고 있었고 나는 종일 책상 앞에 앉아 이런 생각을 했다. 나라면 이런 상황에서 그렇게 차분하게 목욕이나 할 만용은 절대 못 부렸을 거다. 아내가 존경스럽다. 하하, 아내에게 잘못이 없어도 남편이라면 그래야 하듯 물론 존경하겠지만 잘못이 있다면 한층 더 존경스럽다. 이런 배짱, 이런 태연

자약함이라니. 딱 이럴 때 아내가 내게 보이는 태도에는 어딘가 고귀한 구석이, 가히 영웅적이라 할 만한 구석이 있다.

내게 이런 날은 요즘의 여느 날과 같다. 뭐, 그러니까 나는 온종일 손에 머리를 파묻고 앉아 생각에 생각을 거듭했는데 내가 그러고 있는 동안 아내는 이리저리 다니며 평소처럼 생활한 것이다.

아내는 아침에 일어나 남편 맞은편에 앉아서 아침 식사를 한다. 남편이란 바로 나다. 남편은 사무실로 출근한다. 이제 아내는 가정부와 대화한다. 이곳저곳 가게에 들른다. 바느질을 해서 우리 집 창문에 새로 달 커튼 같은 걸 만든다.

이 여자가 이렇다. 로마가 불탈 때 네로 황제는 현이나 뜯었다지. 네로 황제에게 이 여자 같은 구석이 있었던 거다.

아내가 남편에게 신의를 지키지 않았다. 어리고 늠름한 놈 팔에 안기거나 해서 칠렐레팔렐레 나돌았다. 그놈은 어떤가? 춤을 춘다. 담배를 피운다. 제 친구놈들, 저랑 동류인 사내 녀석들과 있을 때는 웃는다. "여자가 하나 생겼어. 그다지 젊진 않지만 나한테 무지막지하게 반했거든. 얼마나 편리한지 몰라." 그런 사내 녀석들이 떠드는 소리라면 기차 흡연 칸을 비롯해 곳곳에서 들은 바 있다.

그런가 하면 남편도 있다. 나 같은 사내 말이다. 그가 차분한가? 침착한가? 냉정을 유지하고 있나? 어쩌면 명예가 훼손되고 있는지도 모른다. 그는 제 책상에 앉아 있다. 시가를 피운다. 사람들이 오고 간다. 그는 생각하고 또 생각한다.

이 남자의 생각은 무엇인가? 아내에 관한 것이다. '지금은 아직 집에 있겠군. 우리 집에.' 그는 생각한다. '이제 길을 가고 있겠지.' 아내의 비밀한 생활에 대해 당신은 뭘 아는가? 아내의 생각에 대해 아는 거 있나? 이보세요! 당신은 파이프 담배를 피운다. 호주머니에 손을 찔러 넣는다. 당신 보기에는 인생이 무탈하기 그지없다. 칠렐레팔렐레 행복하다. "그래서 뭐 어쨌다는 거야. 내 아내는 집에서 목욕하고 있다고." 당신은 이렇게 되뇌고 있다. 일상 속 당신은, 말하자면 쓸모 있는 남자다. 책을 출판하고 가게를 운영하고 광고 문안을 쓴다. 때로는 혼자 생각한다. '난 세상 사람들의 짐을 대신 져주고 있어.' 이렇게 생각하면 기분이 좋다. 나도 당신에게 공감한다. 이렇게 말해도 된다면, 아니, 이렇게 말하는 게 맞겠는데, 본업 중에 공식적인 거래 관계로 만났다면 우리는 아마 좋은 친구가 되었을 것이다. 뭐랄까, 자주는 아니어도 한 번씩 같이 점심을 먹는 그런 사이. 나는 당신에게 부동산 매물 얘기를 해주고 당신은 내게 요즘 하는 일을 들려주겠지. "이렇게 만나니 좋군요! 연락해요. 가기 전에 시가 한 대 피우시고."

내 사정은 영 딴판이다. 예를 들어 오늘만 해도 나는 종일 사무실에 앉아 있었지만 일은 안 했다. 어떤 남자가 들어왔다. 올브라이트 씨다. "그래서, 그 자산은 포기할 겁니까, 아니면 계속 보유할 겁니까?" 그가 말했다.

자산이라니 뭘 말하는 건가? 무슨 소리를 하는 거지?

내 상태가 어떤지 당신도 판단이 될 것이다.

이제는 집에 가야만 한다. 가면 아내도 목욕을 마쳤을 것이다. 우리는 저녁 먹을 식탁에 앉을 것이다. 지금까지 내가 하던 얘기는 어느 것 하나 입 밖으로 나오지 않을 것이다. "존, 무슨 일 있어?" "에이, 무슨 일

같은 거 없어. 사업 문제가 조금 걱정이라서 그래. 올브라이트라는 사람이 왔더라고. 이걸 팔아야 할까, 보유해야 할까?" 머릿속에 있는 진짜 생각은 절대 입 밖으로 나와선 안 된다. 나는 살짝 초조해질 것이다. 식탁보에 커피를 흘리거나 디저트를 엎을 것이다.

"존, 무슨 일 있어?"라니, 침착하기도 하지. 아까도 말했지만 대단한 태연자약함이다.

무슨 일 있냐고? 일이야 있다.

일주일, 이주일, 정확히는 17일 전만 해도 나는 행복한 남자였다. 내 일에만 신경 썼다. 아침에는 지하철을 타고 사무실로 출근했다. 마음만 먹었다면 자동차쯤은 예전에 샀겠지만.

하지만 그러지 않았다. 전에 아내와 나는 그런 걸로 멍청하게 사치하지는 않는 게 옳다고 합의했다. 진실을 말하자면, 딱 10년 전에 나는 사업에 실패해 자산 일부를 아내 명의로 돌려야 했다. 내가 집으로 서류를 가져와 아내에게 보여주면 아내가 서명한다. 일은 그런 식으로 처리하고 있다.

"글쎄, 존." 아내가 말했다. "자동차는 사지 말자." 그건 내 속을 이렇게 뒤집어놓은 일이 일어나기 전이었다. 우리는 함께 공원을 산책하고 있었다. "메이블, 우리 자동차 하나 장만할까?" 내가 물었다. "아니, 자동차는 사지 말자." 아내가 말했다. "돈이 있어야 우리 훗날이 편안할 테니까." 천 번도 더 한 말이다.

편안함이라고 했지. 이런 일이 벌어진 마당에 어디서 편안함을 찾는단 말인가?

고작 2주 전이었다. 아니, 그보다 더 됐지. 17일 전이었으니까. 그때 나는 꼭 오늘 저녁에 귀가한 것처럼 퇴근해서 집으로 돌아갔다. 그래, 같은 거리를 걷고 같은 가게들을 지나쳤다.

자산을 팔 생각인지 보유할 생각인지 내게 물은 올브라이트 씨의 의중이 갈피가 안 잡힌다. 나는 애매한 대답을 했다. "곧 알게 되실 겁니다." 무슨 자산을 얘기한 건가? 분명 그 문제로 앞서 대화한 적이 있을 것이다. 면식만 있는 사람이 사무실에 들이닥쳐 그렇게 무심하고 어찌 보면 익숙하다는 듯한 태도로 자산 얘기를 하지는 않는다. 그 주제로 전에 대화한 적이 있지 않고서야.

알겠지만 나는 여전히 조금 혼란스럽다. 이제 여러 가지를 직시하고 있지만 당신도 짐작하다시피 아직도 다소 혼란을 겪고 있다. 오늘 아침에는 평소처럼 욕실에서 면도했다. 아내와 외출하는 날을 빼고는 늘 저녁이 아니라 아침에 면도한다. 그렇게 수염을 정리하고 있는데 면도솔이 바닥에 떨어졌다. 몸을 굽혀 솔을 줍다가 욕조에 머리를 박았다. 이 얘기를 당신에게 하는 건 오로지 내 상태를 알려주기 위해서다. 그래서 머리에 커다란 혹이 생겼다. 아내는 내 앓는 소리를 듣고 무슨 일이냐고 물었다. "머리를 부딪혔어." 정신 말짱한 사람이라면 당연하게도 뻔히 거기 있는 줄 아는 욕조를 머리로 들이받지는 않는다. 남도 아닌 자기 집에 욕조가 어디 있는지 모르는 사람도 있나?

하지만 지금 나는 무슨 일이 있었는지, 날 이런 식으로 심란하게 한 일이 무엇이었는지 다시 생각하고 있다. 정확히 17일 전 그날 저녁 나는 집으로 돌아가고 있었다. 그래, 아무 생각도 하지 않고 길을 따라 걸었다. 우리 집 건물에 도착해서 안으로 들어갔더니 거기에는, 건물 앞쪽의 좁은 복도 바닥에는 아내 이름 메이블 스미스가 적힌 분홍색 봉투가 놓여 있었다. 나는 '별일이군'이라고 생각하며 봉투를 집었다. 봉투에는 향수가 뿌려져 있었고 주소는 없이 남자의 대담한 필체로 메이블 스미스라는 이름만 덜렁 적혀 있었다.

나는 거의 반사적으로 봉투를 열어 거기 적힌 내용을 읽었다.

12년 전 웨스틀리 씨네 파티에서 처음 만난 후로 아내와 나 사이에는 어떤 비밀도 없었다. 적어도 17일 전 그날 저녁 복도에서 그 순간을 맞기 전까지는 우리 사이에 비밀이 있다는 생각을 해본 적이 없었다. 나는 늘 아내의 편지를 열었고 아내도 늘 내 편지를 열었다. 남자와 아내 사이는 이래야 한다고 생각한다. 동의하지 않을 사람들이 있다는 건 알지만 내가 줄곧 주장해온 한 가지는 바로 내가 옳다는 사실이다.

나는 해리 셀프리지와 그 파티에 갔다가 돌아올 때는 아내를 데리고 집에 왔다. 택시를 타지 않겠냐는 말을 꺼냈다. "우리 택시 잡을까요?" 내가 물었다. "아니, 걸어가요." 아내가 말했다. 아내는 가구업을 하는 남자의 딸이었고 장인은 돌아가셨다. 아버지가 딸에게 얼마간 돈을 남겼을 거라고 다들 생각했지만 그렇지 않았다. 그는 그랜드래피즈에 있는 어느 회사에 빚을 지고 있었고 재산 대부분이 그리로 돌아갔다.

그런 사실을 착잡해할 사람도 있겠지만 나는 그러지 않았다. "난 당신을 사랑해서 결혼한 거야, 여보." 장인이 죽은 날 밤 나는 아내에게 말했다. 우리는 그때도 마찬가지로 브롱크스에 있는 장인 집에서 우리 집으로 걸어가고 있었고 비가 조금 내렸지만 몸이 많이 젖지는 않았다. '사랑해서 결혼했다'는 내 말은 진심이었다.

하지만 다시 편지를 보자. 거기에는 이렇게 적혀 있었다. "메이블, 수요일에 고약한 영감쟁이가 나가면 공원으로 와요. 전에 우리가 만났던 동물 우리 근처 벤치에서 기다려주세요."

서명된 이름은 빌이었다. 나는 편지를 주머니에 넣고 위층으로 올라갔다.

우리 집에 들어서자 웬 남자 목소리가 들렸다. 아내에게 뭔가를 강력하게 권하는 목소리였다. 내가 들어갔을 때 그 목소리가 달라졌던가? 내가 거실로 대담하게 걸어들어가서 보니, 의자에 앉은 아내가 다른 의자에 앉은 젊은 남자를 마주하고 있었다. 남자는 키가 컸고 작은 콧수염을 달고 있었다.

남자는 특허받은 카펫 청소기를 아내에게 팔려던

척했다. 그래봤자 내가 구석에 있는 의자에 앉아 아무 말도 없이 버티고 있으니 두 사람 다 눈치를 보기 시작했지만. 사실 아내는 흥분한 상태인 게 확실했다. 의자에서 일어나 목소리를 높였으니까. "카펫 청소기는 필요 없다고 계속 말하잖아요."

젊은 남자가 일어나 문 쪽으로 가기에 나도 따라갔다. "자, 이만 나가봐야겠군." 그가 혼잣말로 중얼거렸다. 그러니까 그는 수요일에 공원에서 자기랑 만나자는 편지를 내 아내에게 보내려다가 우리 집으로 들어오는 위험을 감수하기로 막판에 마음을 먹은 것이었다. 아마 이런 생각이었겠지. '편지가 우편함에 있으면 그 여자 남편 손에 들어갈 수도 있겠구나.' 그래서 내 아내를 직접 만나기로 마음먹었다가 그만 실수로 복도에 편지를 떨어뜨린 것이다. 지금은 겁을 먹었군. 그게 다 보였다. 나 같은 남자는 덩치는 작아도 가끔은 싸운다.

그가 서둘러 나가기에 나도 복도까지 따라갔다. 위층에서 젊은 남자가 한 명 더 나왔다. 역시나 손에는 카펫 청소기를 들고. 카펫 청소기를 가져오다니 젊은 것들이 제법 번드르르한 꼼수를 생각했다만, 우리처럼 연륜 있는 남자들은 그따위 속임수에 넘어가지 않는다. 나는 단박에 상황을 전부 간파했다. 두 번째로 나타난 젊은 남자는 공범이었고, 내가 들어가는 걸 첫 번째 남자한테 알려주려고 복도에 숨어 있었던 것이다. 내가 위층으로 올라왔을 때 첫 번째 남자가 아내에게 카펫 청소기를 판매하는 척하고 있던 건 당연하다. 두 번째 남자가 카펫 청소기 손잡이로 위층 바닥을 두드려주거나 했겠지. 이제 와 다시 생각하니 뭘 두드리는 소리를 들은 기억이 난다.

하지만 그 순간에는 이후 그랬던 것만큼 일의 전말을 소상히 생각하지 못했다. 나는 복도 벽에 기대어 서서 계단을 내려가는 그들을 지켜봤다. 한 명이 몸을 돌려 나를 보고 웃었지만 나는 아무 말도 하지 않았다. 그들을 쫓아 계단을 내려가 둘 모두에게 한번 해보자고 싸움을 걸 수도 있었지만 내게는 생각이 있었다. '안 하련다.'

아니나 다를까, 내가 처음부터 의심했던 대로 편지를 잃어버린 사람은 내 집에서 내 아내랑 나란히 앉아 카펫 청소기를 판매하는 척했던 그 젊은 남자였다. 내 아내와 같이 있다가 걸린 남자는 다른 녀석과 같이 건물 앞쪽 복도로 내려가서 주머니를 뒤적거렸다. 위층 난간 너머로 몸을 빼보니 놈이 복도를 두리번거리는 게 보였다. 놈은 웃었다. "그러니까 말이야, 톰. 메이블한테 줄 편지가 주머니에 있었거든. 우체국에 가서 우표를 붙여 보낼 생각이었는데, 몇 번 가인지 기억이 안 나더라고. '이런, 별수 없지. 그냥 가서 만나자!' 싶었어. 그 고약한 영감쟁이 남편은 마주치기 싫었지만."

'결국 마주쳤으면서.' 나는 속으로 생각했다. '마지막에 누가 이길지 두고 보자고.'

나는 우리 집으로 들어가 문을 닫았다.

한참 동안, 대략 10분쯤 우리 집 문 바로 안쪽에 서서 그후로 쭉 그랬던 것처럼 생각하고 또 생각했다. 두세 번쯤 말을 하려고, 큰 소리로 아내를 부르려고, 아내를 추궁해 씁쓸한 진실을 곧장 알아내려고 했지만 목소리가 마음처럼 나오지 않았다.

내가 어떻게 해야 했을까? 아내에게 가서 손목을 붙들고 강제로 의자에 앉힌 다음 사적 폭력을 감수하고라도 자백을 받아야 했을까? 나는 스스로에게 이런 질문을 던졌다.

'아니야.' 나는 생각했다. '그렇게는 안 해. 교묘하게 수완을 부려야지.'

나는 한참 동안 거기 서서 생각했다. 내 세상은 무너져내렸다. 말하려고 하는데 단어들이 입 밖으로 나오지 않았다.

마침내 뱉은 말은 더없이 차분했다. 내게는 세상물정에 통달한 남자 같은 면모가 있다. 어떤 상황을 마주하지 않을 수 없을 때는 그렇게 한다. "당신 뭐 하고 있어?" 아내에게 차분한 목소리로 물었다. "목욕하고 있지." 아내가 대답했다.

그래서 나는 집을 나와, 오늘 저녁에 쭉 그랬듯 생각을 좀 하려고 이 공원으로 왔다. 그날 저녁 우리 집 현관을 나서면서 나는 소년 시절 이후로 한 적 없는 뭔가를 했다. 독실한 종교인인 내가 욕을 한 것이다. 아내와 나는 사업하는 남자가 그런 짓을 하는 사람과 거래 관계를 맺어야 할지 말아야 할지를 놓고 적지 않게 언쟁을 벌였다. 그러니까, 욕하는 남자 말이다. "욕을 한다는 이유로 부동산을 안 팔겠다고 할 수는 없어"라고 나는 늘 말했다. 그러면 아내는 "없긴 왜 없어"라고 한다.

여자가 사업에 이렇게나 무지하다는 게 드러날 따름이다. 나는 내가 옳다는 주장을 늘 고수해왔다.

또 하나 고수해온 주장은 우리 남자들이 우리의 집과 따뜻한 가정을 고결한 곳으로 사수해야 한다는 것이다. 처음 사건이 터진 날 나는 저녁식사 시간까지 돌아다니다가 집으로 갔다. 당장은 어떤 말도 하지 않고 침묵을 지키며 교묘한 수완을 발휘하겠다고 결심한 차였지만 저녁 식탁에서는 손이 떨려 식탁보에 디저트를 흘리고 말았다.

일주일 후 나는 탐정을 찾아갔다.

그런데 먼저 일어난 다른 일이 있었다. 내가 편지를 찾은 게 월요일 저녁이었는데, 수요일이 되니 그 애송이가 공원에서 내 아내를 만나고 있을지도 모른다는 생각이 들었다. 그렇게 생각하자 도저히 사무실에 앉아 있을 수가 없어서 직접 공원으로 갔다.

아니나 다를까 아내가 동물 우리 근처 벤치에 앉아서 스웨터를 뜨고 있었다.

처음에는 어디 덤불에 몸을 숨길까 했지만 그러지 않고 아내가 앉은 곳으로 가서 나도 옆에 앉았다. "반가워라! 당신이 여기는 웬일이야?" 아내가 웃으며 말했다. 나를 바라보는 눈에는 놀란 기운이 있었다.

아내에게 말해야 할까, 말하지 말아야 할까? 내게는 고민할 것도 없는 질문이었다. '안 돼.' 나는 생각했다. '말하지 않겠어. 탐정한테 가봐야지. 내 명예가 이미 훼손된 건 확실하니 잘못을 밝히고 말 거야.' 타고난 빠른 기지가 날 살렸다. 아내의 눈을 똑바로 마주 보고 나는 말했다. "서명받아야 할 서류가 있는데, 내 나름의 이유가 있어서 생각해보니 당신이 여기 공원에 있을 것 같더라고."

나는 말하자마자 혓바닥을 잡아 뜯을 뻔했다. 하지만 아내는 아무것도 알아차리지 못한 것 같았다. 나는 주머니에서 서류를 꺼내고 아내에게 만년필을 건네며 서명을 부탁했다. 아내가 서명을 마치자마자 나는 서둘러 자리에서 일어났다. 처음에는 조금 더 남아 있을까, 그러니까 멀찍이 거리를 두고 더 있을까도 생각했지만 아니, 그러지 않기로 했다. 놈은 틀림없이 공범을 시켜 내가 오는지 망을 보게 했으리란 생각이 들었다.

다음 날 오후에 나는 탐정 사무소로 갔다. 탐정은 덩치가 큰 남자였고, 내가 바라는 바를 말하자 미소 지었다. "이해합니다. 그런 사건이 많지요. 그 남자 뒤를 캐보겠습니다."

자, 그러니까 이렇게 된 일이다. 다 준비되었다. 상당한 돈이 들어가겠지만 이제 누군가가 내 집을 감시해서 내게 모든 일을 보고할 것이었다. 진실을 말하자면 이 모든 게 준비되었을 때 나는 나 자신이 창피했다. 다른 남자도 서너 명 있는 탐정 사무소에서 그 남자는 문까지 나를 따라와 내 어깨에 손을 얹었다. 이해할 수 없는 어떤 이유로 그 손길에 나는 열이 뻗쳤다. 남자는 나를 꼬마 취급하며 어깨를 계속 토닥였다. "걱정하실 것 없습니다. 저희가 다 처리하지요"라고 그는 말했다. 괜찮았다. 의뢰는 의뢰대로 해야겠지만 어떤 이유에선지 나는 그 남자 얼굴에 주먹을 꽂아주고 싶었다.

내 상태가 이렇다. 나도 나 자신을 모르겠다. '나는 얼간이인가, 아니면 남자 중의 남자인가?' 연거푸 자문했지만 답을 낼 수가 없다.

탐정과 일을 꾸며놓고 집으로 돌아와서는 밤새 한숨도 자지 못했다.

진실을 말하자면 애초에 편지를 발견하지 않았으

면 좋았겠다는 생각이 조금씩 든다. 내가 잘못된 거겠지. 이러면 남자답지 못한 것 같지만 진심은 그렇다.

그래, 내가 이렇게 잠을 못 잤다. '아내가 뭘 하고 다니든 그 편지만 발견하지 않았으면 지금 잠을 잘 수 있을 텐데'가 내 속내였다. 끔찍했다. 내가 저지른 일이 창피했고 동시에 창피함을 느끼는 나 자신이 창피했다. 일단 남자라면 어느 미국인 남자라도 했을 법한 일을 한 건데도 그랬다. 잠에 들지 못했다. 저녁에 귀가할 때마다 계속 생각했다. '저기 나무 옆에 남자가 있군. 분명 탐정일 거야.' 탐정 사무소에서 내 어깨를 토닥였던 놈을 자꾸 떠올렸고, 놈을 떠올릴 때마다 열이 뻗치고 또 뻗쳤다. 얼마 지나지 않아 나는 메이블에게 카펫 청소기를 판매하는 척했던 젊은 남자보다 그를 더 미워하고 있었다.

이어서 나는 최고로 얼간이 같은 짓을 했다. 고작 일주일 전인 어느 오후, 어떤 생각이 떠올랐다. 먼젓번 탐정 사무소에 갔을 때 남자 서너 명이 어슬렁거리긴 했지만 나와 통성명한 사람은 없었다. 그래서 생각했다. '그러면 보고를 받으러 온 척 가봐야겠다. 내가 의뢰한 남자가 사무소에 없으면 다른 사람에게도 의

뢰하는 거야.'

그래서 그렇게 했다. 탐정 사무소에 갔더니 내 담당자는 아니나 다를까 나가고 없었다. 책상에 다른 놈이 앉아 있기에 그에게 눈짓했다. 우리는 안쪽 사무실로 들어갔다. "보세요." 나는 속닥거렸다. 그러니까 나는 내 따뜻한 가정을 파괴하려는 남자, 내 명예를 박살내려는 남자 행세를 하기로 마음을 먹고 있었다. "내 말이 분명하게 전달되었습니까?"

그러니까, 이런 식이었다. 뭐, 나도 잠은 자야 하니까, 안 그런가? 바로 어젯밤에도 아내는 내게 이렇게 말했다. "존, 당신 짧게 휴가라도 가는 게 좋겠어. 잠시라도 혼자 어디론가 떠나서 일 생각 없이 지내봐."

아내가 다른 때 그런 말을 했으면 그래, 고마웠겠지만 지금 그런 말은 나를 어느 때보다도 심란하게 할 뿐이다. '날 치워버리려 하는군.' 이런 생각이 들면서 순간 벌떡 일어나 아내에게 내가 아는 걸 전부 말해버리고 싶었다. 하지만 그러지 않았다. '잠자코 있어야지. 교묘한 수를 쓸 거니까'라고 생각했다.

엉큼하고도 교묘한 수였다. 그렇게 나는 다시 탐정 사무소를 찾아 두 번째 탐정에게 일을 의뢰하고 있었다. 일말의 망설임도 없이 아내의 애인 행세를 했다. 남자는 계속 고개를 주억거렸고 나는 얼간이처럼 계속 속닥거렸다. 그래, 스미스라는 남자가 자기 아내를 감시하려고 이 사무실에서 탐정을 고용했다고 말했다. "내 나름의 이유가 있어서 그러는데, 그 사람이 아내한테는 아무 문제도 없다는 보고를 받으면 좋겠습니다." 그러면서 책상 위로 그에게 돈을 밀어줬다. 나는 돈 쓰는 데 분별력을 완전히 잃어버렸다. "여기 50달러입니다. 그 사람한테 그렇게 보고한 다음에 다시 연락해요. 200달러를 더 줄 테니까."

다 생각해뒀다. 나는 두 번째 남자에게 내 이름을 존스로 일러주고 스미스와 같은 사무실에서 일한다고 말했다. "그 사람하고는 같이 사업을 하는 사이예요. 내가 자금만 대고 있죠."

그러고 나서 내가 나가려 하자 그는 역시나 첫 번째 탐정처럼 문까지 따라와 내 어깨를 토닥였다. 그 무엇보다 참기 어려운 일이었지만 나는 참아냈다. 사람이 잠은 자야 하니까.

역시나, 오늘 두 남자가 5분 차이로 둘 다 내 사무실에 왔다. 당연하게도 먼저 의뢰한 남자가 와서 내 아내가 결백하다고 말했다. "부인은 한 마리 어린양처럼 순수합니다. 그렇게 순수한 아내를 두신 걸 축하드립니다."

그 남자에게 돈을 주며 나는 그가 내 어깨를 토닥이지 못하게 몸을 뒤로 뺐다. 그가 문을 닫자마자 다른 남자가 들어와 존스를 찾았다.

그 남자도 상대하고 200달러를 줘야 했다.

그러고는 집에 가야겠다고 마음먹고 아내와 결혼한 후 매일 오후마다 걸었던 그 거리를 따라 그렇게 걸어갔다. 집에 온 나는 조금 전에 전부 설명했던 것처럼 우리 방으로 이어지는 계단을 올랐다. 내가 살짝 미쳐버린 얼간이인지 아니면 명예를 훼손당한 남자인지 판단이 서지 않지만, 아무튼 얼쩡대는 탐정들이 없으리란 것은 확실했다.

내가 생각한 건 집에 가서 아내와 담판을 짓는 것, 내가 이런 의심을 품었노라고 말하고 아내의 얼굴을 관찰하는 것이었다. 앞서 말했듯 아내의 얼굴을 관찰하면서 아래층 복도에서 찾은 편지 이야기를 할 때 대경실색하는지 확인할 작정이었다. '대경실색'이라는 단어가 내 머릿속에 들어온 건 어릴 적 탐정 소설에서 그 단어를 읽은 적이 있고 탐정들과 거래를 해왔기 때문이었다.

아무리 껄끄러워도 아내를 똑바로 대면하고 억지로라도 자백을 받아낼 작정이었는데, 결국 어떻게 되었나 좀 봐라. 집에 도착하니 아무 소리도 안 들려서 처음에는 사람이 없는 줄 알았다. '이 여자가 그놈이랑 도망쳤나?' 나는 속으로 물었다. 나야말로 좀 대경실색한 것 같다.

"어디 있어, 여보? 뭐 하고 있는 거야?" 내가 큰 소리로 외치자 아내는 목욕 중이라고 했다.

그래서 나는 이렇게 여기 공원으로 나왔다.

하지만 이제는 집에 가야만 한다. 저녁식사가 차려져 있을 것이다. 올브라이트 씨가 무슨 자산을 생각한 건지 궁금하다. 아내와 같이 저녁 식탁에 앉으면 손이 떨릴 것이다. 디저트를 흘릴 것이다. 전에 대화한 일이 아니고서야 사람이 그렇게 들이닥쳐서 대뜸 자산 얘기를 하지는 않는 법이다.

씨앗

그는 턱수염을 기른 작달막한 남자였고 신경이 무척 예민했다. 그의 목 힘줄이 팽팽해지던 모습을 나는 기억한다.

 그는 수년째 정신분석이란 기법으로 아픈 사람들을 고치려 하고 있었다. 이 구상에 그는 일생을 걸고 몰두했다. "여기엔 피곤해서 왔어." 남자가 의기소침하게 말했다. "몸은 피곤하지 않은데 내 안의 무언가가 늙고 지쳐버렸거든. 내가 원하는 건 기쁨이야. 며칠이나 몇 주만이라도 세상 남녀를, 또 그 사람들을 그렇게 병든 존재로 만드는 온갖 영향을 잊고 싶어."

 사람 목소리에 깃드는 어떤 어조에서 진정한 피로를 알게 되는 수가 있다. 그런 어조가 깃드는 것은 힘난한 생각 길을 따라 생각을 해나가려고 마음과 혼을 다해 애썼을 때다. 그러다 불현듯 자신이 계속 갈 수 없음을 깨닫는다. 내면의 무언가가 멈춘다. 작은 폭발이 일어난다. 말과 글을 터뜨리고, 그 모습은 어쩌면 바보스럽다. 스스로는 알지 못했으나 본성에 흐르던 작은 곁줄기들이 새어나와 저절로 드러난다. 사람이 큰소리를 치고 거창한 말을 쓰고 웃음거리를 자처하는 것이 보통 그럴 때다.

그렇게 그 의사가 까랑까랑하게 목소리를 높였다. 그는 우리가 앉아 있던 계단에서 펄쩍 뛰듯 일어나더니, 뭐라고 말을 하면서 이리저리 걸었다. "자네 서부에서 왔지? 사람을 가까이 하지 않았고. 스스로를 아껴두다니, 이런 망할 놈! 나는 지금까지……." 목소리가 확실히 까랑까랑해졌다. "난 여러 삶 속으로 들어갔어. 세상 남녀가 사는 삶의 꺼풀 아래로 갔다고. 특히 여자들을 연구했지. 우리 여자들, 여기 미국 여자들 말이야."

"그 여자들을 사랑했단 건가?" 나는 슬며시 물어보았다.

"그랬지. 그래…… 잘 짚었어. 그렇게 해봤지. 내가

무언가에 닿을 길은 그거 하나뿐이거든. 사랑하려고 노력해야 해. 어떤 식인지 알겠어? 그 길이 유일하단 말이야. 나는 사랑으로만 뭔가를 시작할 수 있어."

그가 느끼는 피로의 심연이 조금씩 감지되었다. 나는 그에게 "같이 호수에서 수영이나 하지 그래"라고 권했다.

"수영이든 뭐든 지지부진한 짓거리는 하고 싶지 않아. 난 달리면서 소리치고 싶다고." 그가 딱 잘라 말했다. "잠시라도, 몇 시간이라도, 낙엽처럼 바람을 타고 이 언덕 위에서 흩날리고 싶어. 내가 바라는 건 하나, 오직 하나야. 나 자신을 자유롭게 하는 것."

우리는 먼지 날리는 시골길을 걸었다. 내가 이해한 것도 같다는 걸 그가 알았으면 해서, 나는 내 나름의 설명을 내놓았다.

그가 걸음을 멈추고 나를 빤히 볼 때 말을 꺼냈다. "자네라고 나보다 뭐가 더 있거나 나은 것도 아니잖아." 나도 딱 잘라 말했다. "자네는 동물 내장에다 몸을 굴린 개야. 그렇다고 아주 개는 아니라서 제 가죽 냄새는 좋아하지 않고."

이어서 내 목소리가 까랑까랑해졌다. "천지 분간도

못 하는 바보 같으니." 나는 성마르게 소리쳤다. "자네 같은 남자들이 어리석은 거야. 그 길을 따라가면 안 돼. 여러 인생길을 따라 멀리까지 모험하는 건 누구에게도 허락되지 않은 일이야."

나는 열의가 솟으며 진지해졌다. "자네가 치료하는 척하는 병은 누구나 앓는 병이야. 자네가 하고 싶다는 일은 불가능한 일이고. 어리석긴, 사랑을 이해할 수 있을 것 같아?"

우리는 길에 서서 서로를 바라봤다. 조소하려는 기색이 그의 양쪽 입꼬리에 어른거렸다. 그는 내 어깨에 손을 얹고 나를 흔들었다. "우리가 이렇게 똑똑하다니까. 어찌나 적절한 설명들을 내놓는지!"

그는 말을 뱉어내고 몸을 돌려 조금 걸어갔다. "이해한 것 같다고 생각하나 본데 자네는 이해 못 해." 그가 외쳤다. "자네가 불가능하다고 한 일은 가능한 일이야. 거짓말쟁이 같으니라고. 뭔가 모호하고 섬세한 걸 놓친 게 아니고서야 그렇게 단정할 순 없어. 핵심을 통째로 놓쳤단 말이야. 사람들 인생은 숲속 어린 나무를 닮았어. 기어오르는 덩굴에 숨통이 조이고 있지. 덩굴이란 죽은 사람들이 심어놓은 해묵은 생각과 신념이야. 나부터도 구물구물 기면서 내 숨통을 조이는 덩굴에 뒤덮여 있어."

그가 씁쓸하게 웃었다. "내가 뛰놀고 싶단 것도 그래서야. 나뭇잎처럼 바람을 타고 언덕 위에서 흩날리고 싶다고. 죽어서 다시 태어나고 싶어. 지금은 덩굴에 덮여 서서히 죽어가는 나무에 불과하지만. 보다시피 난 지쳤고 깨끗해지고 싶어. 난 여러 인생에 소심하게 기웃대는 어설픈 인간이야." 그가 말을 맺었다. "난 지쳤고 깨끗해지고 싶어. 지금은 구물구물 기어다니는 것들에 덮여 있으니."

* * *

아이오와 출신인 어느 여자가 이곳 시카고로 와서 웨스트사이드의 어느 집에 방을 구했다. 나이는 스물일곱쯤 되었고 도시에 온 표면상의 목적은 선진 음악 교수법을 공부하는 것이었다.

어느 젊은 남자도 그 웨스트사이드 집에 살았다. 남자의 방은 집 2층의 긴 복도를 면하고 있었고 여자가 들어간 방은 남자 방 앞 복도 건너편이었다.

이 젊은 남자로 말하자면 천성에 아주 다정한 구석

이 있다. 그의 직업은 화가지만 나는 그가 작가가 될 마음을 먹으면 좋겠다고 종종 생각했다. 그는 통찰력을 갖고 이야기하는 사람이지만 그림을 훌륭하게 그리진 못한다.

여하간 아이오와 여자는 웨스트사이드 집에 살았고 저녁이 되면 도시에서 귀가했다. 겉모습은 거리에서 날마다 보이는 숱한 여자들과 비슷했다. 그 여자가 군중 사이에서 조금이나마 돋보였다면 다리를 살짝 전다는 이유가 유일했다. 오른쪽 발이 보통과 약간 다르게 생겨서 절뚝거리며 걸었던 것이다. 그 집에서 지낸 석 달 동안 주인 여자 말고는 그 집에서 여자란 그녀가 유일했다. 그렇게 지내다 보니 그 집 남자들 사이에서 그녀를 향한 감정이 자라나기 시작했다.

남자들은 여자를 놓고 다들 같은 소리를 했다. 집 앞쪽 복도에서 자기들끼리 마주치면 걸음을 멈추고 웃으며 수군거렸다. "애인을 원하는 거지." 그러면서 눈을 찡긋했다. "자기는 모를 수도 있지만 어쨌든 저 여자한테는 애인이 필요해."

시카고와 시카고 남자를 아는 사람이라면 그런 욕구는 쉽게 채울 수 있다고 생각할 것이다. 내 친구, 리로이라는 친구가 그 이야기를 해줬을 때 들은 나는 웃었지만 정작 리로이는 웃지 않았다. 그는 고개를 저었다. "마냥 쉬운 일이 아니었어. 그렇게 단순한 문제였으면 이야기가 되지도 않았겠지."

리로이가 설명을 하려 했다. "그 여자는 남자가 접근할 때마다 겁에 질렸거든." 남자들은 자꾸 웃으며 여자에게 말을 걸었다. 같이 저녁을 먹자고, 극장에 가자고 불러냈다. 그러나 어떤 제안으로도 남자와 거리를 걷도록 여자를 설득할 수 없었다. 여자는 절대 밤에 거리로 나서지 않았다. 남자가 복도에 서서 여자에게 말을 붙이려 들면 여자는 바닥으로 눈을 돌렸다가 제 방으로 뛰어들어갔다. 한번은 그 집에 사는 젊은 직물잡화점 점원이 집 앞 계단에 같이 앉자고 여자를 잡아 끈 적이 있었다.

그는 감성적인 친구였고 여자의 손을 붙잡았다. 여자가 울음을 터뜨리자 남자는 화들짝 놀라 일어났다. 그는 여자의 어깨에 한 손을 올리고 해명하려 했으나 남자의 손가락 아래에서 여자의 전신이 공포로 바들댔다. "손대지 말아요." 여자가 외쳤다. "나한테 당신 손 얹지 말라고요!" 여자가 비명을 지르기 시작하자

거리의 행인들이 무슨 소리인가 싶어 걸음을 멈췄다. 놀란 직물잡화점 점원은 위층 자기 방으로 달려올라갔다. 그러고는 문에 빗장을 지른 후, 선 채로 귀를 기울였다. "이건 꼼수야." 그가 떨리는 목소리로 단언했다. "말썽을 일으키려는 속셈이지. 난 아무 짓도 안 했잖아. 사고였을 뿐이야. 게다가 뭐가 문제야? 내가 손가락으로 팔을 건드리기밖에 더 했나."

리로이가 그 웨스트사이드 집에서 본 아이오와 여자 이야기를 내게 한 것이 여남은 번은 될 성싶다. 그 집 남자들은 여자를 미워하게 되었다. 여자는 남자들과 엮이진 않으려 하면서도 남자들을 가만 내버려두지 않았다. 갖가지 방법으로 부단히 접근을 유도하다가 막상 다가온 상대에게는 퇴짜를 놓았다. 남자들이 오르내리는 복도를 면한 욕실에 알몸으로 있을 때면 문을 살짝 열어놓았다. 아래층 거실에는 소파가 하나 있었는데 남자들이 있을 때면 이따금 그리로 들어가 한마디 말도 없이 남자들 앞에서 소파에 몸을 던졌다. 입술을 살짝 열고 눈은 천장을 응시하며 소파에 누워 있었다. 여자의 몸이라는 그 오롯한 실체는 뭔가를 기다리는 것 같았다. 여자의 감각이 방을 채웠다. 주위에 선 남자들은 여자를 보지 않는 척했다. 큰 소리로 대화했다. 그러다 당혹감에 사로잡혀 하나둘 말없이 슬금슬금 자리를 떴다.

어느 날 저녁, 여자는 집에서 나가달라고 통보받았다. 누군가가, 아마 직물잡화점 점원이 주인 여자에게 뭐라고 말을 해서 주인 여자가 곧바로 조치한 것이었다. "오늘 밤에 나가주면 정말 고맙겠어." 나이가 더 많은 여자의 목소리가 리로이 귀에 들려왔다. 그 여자는 아이오와 여자가 지내는 방 앞 복도에 서 있었다. 주인 여자의 목소리가 온 집에 울렸다.

화가 리로이는 큰 키에 군살 없는 체격이고 관념에 몰두하며 인생을 살았다. 지성의 열정에 육신의 열정이 소진되었다. 벌이는 약소하고 결혼은 하지 않았다. 연애를 해본 적이 아예 없는지도 모른다. 리로이는 육체적 욕망이 없지는 않으나 욕망이 주된 관심사는 아닌 사람이다.

웨스트사이드 집에서 나가달라는 말을 들은 그 저녁, 아이오와 여자는 주인 여자가 아래층으로 내려갔다 싶을 때까지 기다렸다가 리로이의 방에 들어갔다. 여덟 시쯤이었고 리로이는 창가에 앉아 책을 읽고 있었다. 여자는 노크 없이 문을 열었다. 아무 말도 하지 않고 마루를 달려와 리로이의 발치에 무릎을 꿇었다. 여자는 발이 틀어져서 달리는 모습이 다친 새 같았다고, 두 눈이 이글거렸다고, 숨이 밭고 가빴다고 리로이가 말했다. "날 취해요." 여자가 리로이의 무릎에 얼굴을 묻고 격하게 몸을 떨며 말했다. "얼른 날 취하라고요. 뭐든 시작이 있어야 하잖아요. 기다리는 걸 못 견디겠어요. 당신이 날 당장 취해야 해요."

이 모든 상황에 리로이는 아마 틀림없이 당황했을 것이다. 해온 말로 미루어보면 그날 저녁 전까지는 여자를 거의 의식하지도 않았던 듯하니. 그 집의 여러 남자들 가운데 리로이가 그 여자에게 제일 무심하지 않았을까. 그 방에서 무슨 일이 일어났다. 여자가 리로이에게 달려올 때 주인 여자도 따라왔으므로 리로이 앞에는 여자가 둘 있었다. 아이오와 출신 여자는 리로이의 발치에 무릎을 꿇은 채 몸을 떨었고 겁에 질려 있었다. 주인 여자는 길길이 성을 냈다. 리로이는 충동을 따랐다. 영감이 떠오른 것이었다. 리로이는 무릎 꿇은 여자의 어깨에 손을 얹고 여자를 격하게 흔들었다. "그만하고 몸가짐 바로 해요." 리로이가 급히 말했다. "내가 약속 지킬게요." 그러고는 주인 여자 쪽을 보며 미소 지었다. "우린 결혼하기로 약속한 사이입니다. 근데 말다툼을 좀 했어요. 이 여자는 나랑 가까이 있으려고 온 거예요. 그동안 몸이 안 좋고 불안한 상태였죠. 내가 데리고 가겠습니다. 부디 화내지 마세요. 데리고 갈 테니까요."

리로이와 함께 집 밖으로 나오자 여자는 눈물을 그치고 리로이의 손에 제 손을 포갰다. 두려움은 씻은 듯 사라진 뒤였다. 리로이는 다른 집에 여자가 지낼 방을 구해주고 같이 공원으로 가서 벤치에 앉았다.

* * *

리로이가 이 여자에 관해 들려준 모든 이야기가 그날 산에서 남자에게 했던 말에 담긴 내 믿음을 뒷받침한다. 여러 인생길을 따라 모험할 수는 없는 것이다. 리로이는 벤치에 앉아 자정이 되도록 여자와 이야기를 나눴고 그후로도 여러 차례 여자를 만나 대화했다. 무슨 결과로 이어지진 않았다. 내 짐작으로 여자는 서부에 있는 자기 집으로 돌아갔을 듯하다.

원래 살던 곳에서 여자는 음악 교사였다. 여자를 포

함한 네 자매는 다들 비슷한 일을 했고 리로이 말로는 모두 퍽 유능한 여자들이었다. 아버지는 장녀가 열 살도 안 되었을 때 죽었고 5년 뒤 어머니마저 죽었다. 자매들에게는 집과 정원이 있었다.

그 여자들의 인생이 어땠는지를 나로선 알 수 없는 것이 세상의 이치지만 그 한 명의 삶에 대해서라면 확실히 안다고 생각해도 되지 않을까. 그녀들은 여자의 일만 이야기했고 여자의 일만 생각했다. 그중 누구도 애인을 둔 적이 없었다. 여러 해 동안 어느 남자도 그 집 근처에 오지 않았다.

그중에서도 그들 인생의 완전히 여성적인 성질에 영향을 받았음이 겉으로 드러난 사람은 막내, 그러니까 시카고에 온 그 여자뿐이었다. 그 성질은 어떤 식으로인가 여자에게 작용했다. 여자는 하루도 빠짐없이 매일 여자아이들에게 음악을 가르치고 여자들이 있는 집으로 갔다. 스물다섯 살이 되고부터는 남자를 생각하고 몽상하기 시작했다. 낮을 보내는 동안에도 저녁을 지나는 동안에도 여자들과 여자의 일을 이야기했지만 항상 남자가 주는 사랑을 갈구했다. 시카고로 간 건 그런 희망을 품고서였다. 리로이는 여기에 대한 여자의 태도와 웨스트사이드 집에서 보인 이상한 행동을 설명하며 그녀가 생각은 너무 많고 행동은 너무 적었다고 말했다. "내면에 자리한 생명력이 중심을 잃고 흐트러진 거지." 그는 단언했다. "그 여자는 원하는 걸 이룰 수가 없었어. 내면의 생명력이 표출될 수 없었던 거야. 그건 한쪽으로 표출되지 못하면 다른 식으로 드러나지. 성性이 절로 뻗어나가 그 여자의 몸을 뒤덮었어. 그 여자의 존재에 올올이 스며들었어. 끝내 여자는 사람 형상을 한 성이 되고 말았지. 성이 응축되어서 상대가 누구라도 상관없어진 거야. 특정한 말, 남자의 손길, 때로는 거리를 지나가는 남자의 모습조차도 여자에겐 뭔가로 작용했어."

***

어제 만난 리로이는 그 여자와 그 기묘하고도 기구한 운명을 내게 또 들려줬다.

우리는 호숫가 공원을 걸었다. 길을 따라가는데 그 여자의 형상이 자꾸 머릿속에 떠올랐다. 어떤 생각이 내게 닥쳤다.

"네가 그 여자 애인이었을 수도 있겠어. 가능성 있

지. 여자가 넌 두려워하지 않았잖아."

리로이가 멈춰 섰다. 여러 인생 속으로 들어가는 능력을 그토록 자신해 화를 내며 내게 면박을 줬던 그 의사처럼. 리로이는 얼마간 나를 응시했고 이어서 다소 기이한 일이 일어났다. 산중의 먼지 날리는 길에서 다른 남자가 했던 말이 리로이의 입술로 와 처음부터 되풀이되었다. 조소하려는 기색이 그의 양쪽 입꼬리에 어른거렸다. "우리가 이렇게 똑똑하다니까. 어찌나 적절한 설명들을 내놓는지."

도시의 호숫가 공원을 같이 걷던 젊은 남자의 목소리가 까랑까랑해졌다. 내면의 피로가 느껴졌다. 이어서 리로이가 웃음을 터뜨리더니 나직하게 말했다. "그렇게 단순하지가 않아. 그렇게 자신하다간 인생의 낭만을 죄다 잃고 말 위험이 있지. 핵심을 통째로 놓친단 말이야. 인생에선 무엇도 그렇게 단정할 수 없어. 이 여자는, 너도 알겠지만 기어오르는 덩굴에 숨통이 조이는 어린나무 같았던 거야. 여자를 감싼 무언가가 빛을 가려버렸지. 숲속의 수많은 나무가 그로테스크한 존재이듯 이 여자도 그로테스크한 존재였어. 여자의 문제는 그걸로 고민한 내 인생의 흐름이 통째로 변할 만큼 어려운 문제였고. 처음에는 나도 너랑 비슷했어. 전적으로 확신했지. 내가 애인이 되면 문제가 해결될 줄 알았어."

리로이가 몸을 돌려 조금 걸어갔다. 그러곤 돌아와 내 팔을 붙잡았다. 열의가 깃든 진지함이 리로이를 사로잡았다. 그의 목소리가 떨렸다. "그 여자에게 애인이 필요했던 건 맞아. 그 집 남자들이 그건 제대로 봤지. 여자는 애인이 필요했지만 또 한편으로는 애인이 필요한 게 아니었어. 애인이 필요하단 건 결국 부차적인 문제였지. 그 여자는 사랑받는 게, 오래 조용히 진득하게 사랑받는 게 필요했어. 그 여자는 틀림없이 그로테스크한 존재지만, 그렇게 치면 세상 사람은 다 그로테스크해. 우린 모두 사랑을 받아야 하잖아. 그 여자를 고칠 약이 우리도 고칠 거야. 알겠지만 그 여자의 병은 누구나 앓는 병이야. 우린 모두 사랑받길 원하는데 세상은 우리 애인을 만들어줄 생각이 없으니."

리로이는 목소리를 낮추고 내 옆에서 잠자코 걸었다. 우리는 호수를 등지고 나무 아래를 걸었다. 리로이를 자세히 봤다. 목 힘줄이 팽팽해져 있었다. "인생의 껍데기 아래를 보고 나니 두려워." 그가 읊조렸다. "나 자신도 그 여자와 같아. 구물구물 기는 덩굴 같은 것에 뒤덮여 있지. 난 애인이 될 수 없어. 그럴 만큼 섬세하지도 진득하지도 않으니까. 난 묵은 빚을 갚고 있는 거야. 묵은 생각과 신념이, 죽은 사람들이 심어 놓은 씨앗이 내 영혼에서 싹을 틔워 내 숨통을 조이고 있어."

우리는 오랜 시간 걸었고 리로이는 말을 하며 머릿속에 떠오른 생각을 소리로 옮겼다. 나는 잠자코 들었다. 리로이의 정신은 산에서 그 남자의 목소리로 거푸 발음된 푸념에 가닿았다. "내가 죽어서 말라붙은 뭔가라면 좋겠어." 리로이가 풀밭 위로 흩어지는 나뭇잎을 바라보며 중얼거렸다. "바람을 타고 흩날려 가는 나뭇잎이면 좋겠단 말이지." 그는 고개를 들었고 눈을 돌린 곳에서는 멀리 나무들 사이로 호수가 보였다. "난 지쳤고 깨끗해지고 싶어. 지금은 구물구물 기어다니는 것들에 뒤덮인 인간이지만. 죽어서 바람을 타고 끝 간 데 없는 물 위로 흩날리면 좋겠어. 다른 건 다 됐으니 다만 깨끗해지고 싶을 뿐이야."

어느 낯선 동네에서

어느 낯선 곳 시골 마을의 아침. 만물이 조용하다. 아니, 소리가 있다. 소리는 스스로를 내세운다. 한 소년이 휘파람을 분다. 그 소리가 여기 내가 서 있는 기차역에서도 들린다. 나는 집을 떠나왔다. 낯선 곳에 있다. 정적 같은 것은 없다. 한때 나는 시골에 있었다. 친구 집에 있었다. "여기는 소리가 하나도 안 들린단 말이지. 그야말로 정적이야." 친구가 그렇게 말한 건 거기서 나는 갖가지 소소한 소리가 귀에 익은 탓이었다. 벌레 우는 소리, 아득하게 물 떨어지는 소리, 먼 곳에 있는 누군가가 기계로 건초를 써느라 희미하게 덜그럭거리는 소리. 친구는 그것에 적응했기에 이런 소리를 듣지 못했다. 지금 내가 있는 이곳에서는 퍽퍽

소리가 들린다. 누가 카펫을 빨랫줄에 넌 다음 때리고 있다. 다른 소년이 아득하게 외친다. "아호, 아호."

오고 가는 것은 좋은 일이다. 낯선 곳에 도착한다. 거리가 철길을 마주 보고 있다. 짐을 들고 기차에서 내린다. 짐꾼 둘이 당신과 당신 짐을 맡겠다고 경쟁한다. 원래 살던 동네에서도 짐꾼들이 낯선 사람에게 이러는 것을 본 적이 있다.

역에 서 있으면 보이는 것들이 있다. 역 맞은편 거리 가게들의 열린 문이 보인다. 사람들이 드나든다. 한 노인이 걸음을 멈추고 본다. "아니, 아침 기차가 있잖아." 그의 정신이 그에게 말한다.

정신은 사람들에게 늘 그런 말을 한다. "봐, 의식해." 공상은 몸에 구애받지 않고 자유로이 떠다니기를 원한다. 그걸 우리가 끊는다.

우리 대부분은 두꺼비처럼 인생을 산다. 미동도 없이 가만히, 질경이 잎 아래에 앉아서. 우리는 파리가 우리 쪽으로 오기를 기다린다. 파리가 오면 혀가 튀어나간다. 파리를 낚아챈다.

그뿐이다. 우리는 그걸 먹는다.

물어야 하는데 영영 묻지 않는 질문이 얼마나 많은

지. 그 파리는 어디서 왔나? 어디로 가던 길인가?

그 파리는 연인을 만나러 가던 길이었을지도 모른다. 그러다 막혔다. 거미가 녀석을 먹어서.

타고 가던 느린 기차가 잠시 멈췄다. 그래, 엠파이어하우스에 가야겠다. 내가 신경이나 쓰겠냐만.

작은 마을이다. 여기, 내가 온 곳 말이다. 어쨌든 이곳에 있는 나는 불편할 것이다. 이렇게 불쑥 갔던 마지막 동네에서 그랬듯 비슷한 싸구려 황동 침대가 있을 것이다. 침대에 벌레도 있으려나. 옆방에서는 출장 다니는 외판원이 큰 소리로 떠들 것이다. 마찬가지로 외판원인 친구에게 이야기할 것이다. "물건이 안 팔리네." 한쪽이 말할 것이다. "그래, 죽만 쑤고 있군."

여기저기서 여자들이 주워듣는 소문이 있을 것이다. 어떤 말은 귀에 들어가고 어떤 말은 스쳐지나간다. 그게 늘 거슬린다.

그런데 나는 왜 하필 이 동네에서 기차를 내렸나? 여기에 호수가 있다는 말을 들은 기억이 난다. 거기서 낚시도 한다고. 낚시나 하러 갈까 싶었다.

수영하길 원했던 것도 같다. 이제 기억난다.

"저기, 엠파이어하우스가 어딥니까? 아, 저 벽돌 건

물요. 그러면 먼저 가세요. 곧 따라갈 테니. 직원한테 방 하나만 남겨달라고 말해주십시오. 욕조 있는 방으로요. 그런 방이 남아 있다면요."

무슨 생각을 하고 있었는지 기억났다. 사는 내내, 일이 그렇게 된 이래로 나는 줄곧 이런 모험을 떠났다. 사람은 이따금 혼자인 게 좋을 때가 있다.
혼자라는 것은 사람이 아무도 없는 곳에 있다는 의미가 아니다. 모두가 낯선 사람인 곳에 있다는 의미다.

저기 한 여자가 울고 있다. 늙어가는 여자다. 뭐, 나도 이젠 젊지 않긴 하다. 여자의 두 눈이 어찌나 지쳐 있는지. 그보다 젊은 여자도 한 명 같이 있다. 시간이 지나면 저 젊은 여자도 제 어머니를 빼다박은 얼굴이 될 것이다.
어머니와 마찬가지로 인내하고 체념한 얼굴이 될 것이다. 지금은 봉긋한 두 뺨도 살갗이 늘어질 것이다. 어머니 코가 크니 딸 역시 그렇다.
남자 하나가 같이 있다. 몸이 통통하고 얼굴에 붉은 혈관이 비친다. 무슨 이유에선지 나는 그가 틀림없이 도축업자라고 생각한다.

남자의 손이 그렇고, 눈이 그렇다.

남자는 아마 분명 저 여자의 오라비일 것이다. 여자의 남편은 죽었고. 저들은 기차에 관을 싣고 있다.

중요하지 않은 사람들이다. 사람들은 저들을 아무렇지 않게 지나친다. 힘든 일을 겪는 저들 옆에 있어 주려고 역에 온 사람은 아무도 없다. 저들이 여기 사는지 궁금하다. 그래, 당연히 그렇겠지. 어딘가에, 적잖이 남루한 작은 집에, 동네 끄트머리에, 어쩌면 동네 외곽에 살 것이다. 오라비는 모녀와 같이 떠나지 않는 모양이다. 그냥 배웅만 하러 온 것이다.

모녀는 시신을 가지고 죽은 남편이 전에 살았던 다른 동네로 가려 한다.

도축업자 같은 남자가 누이의 팔을 잡았다. 다정의 표현이다. 저런 사람들이 저런 표현을 하는 것은 가족 누군가가 죽었을 때뿐이다.

해가 내리쬔다. 열차 차장이 역 승강장을 따라 거닐며 역장과 대화한다. 두 사람은 아까부터 요란하게 웃으며 자기들끼리 시시한 농담을 주고받았다.

차장은 명랑한 성미다. 두 눈이 흔히 말하듯 반짝인

다. 일하는 동안 전보 기사나 수하물 담당자, 집배원 등 누구를 만나든 소소한 농담을 던진다. 여객 열차 차장은 별별 사람이 다 있다.

저기, 봐라. 남편을 여의고 그를 어디론가 데려가 묻으려 하는 여자를 차장과 역장이 스쳐지나간다. 농담을 떨구고 웃음을 떨군다. 이들은 정적이 된다.

검은 옷을 입은 여자와 그녀의 딸과 통통한 오라비가 만든 작고 정적한 길. 그 작고 정적한 길은 저들 집에서 저들과 같이 시작해 저들과 같이 거리를 따라와 기차역에 이르렀고 저들과 같이 기차에 올라 저들이 가는 동네에 다다를 것이다. 중요하지 않은 사람인 저들이 갑자기 중요해졌다.

저들은 죽음의 상징이다. 죽음은 중요하고 장엄한 것이다. 안 그런가?

이런 곳, 낯선 곳에서 낯선 사람들 사이에 있으면 한 인생을 온전히 이해하기가 얼마나 쉬운지. 지금껏 가본 다른 동네와 모든 것이 너무나도 비슷하다. 인생은 소소하게 이어지는 여러 사정으로 이뤄진다. 사정은 온 세상 마을에서, 도시에서, 모든 나라에서 거듭

거듭 되풀이된다.

사정은 무한히 다양하다. 작년에 파리에 있을 때 루브르 박물관에 갔다. 여러 남녀가 벽에 걸린 옛 대가들의 작품을 모사하고 있었다. 전문 모사 화가들이었다.

그들은 작업에 심혈을 기울였고, 오로지 그런 일만을 매우 정밀하게 수행하도록 훈련받은 사람들이었다.

그런데도 누구도 사본을 만들지 못했다. 사본은 하나도 만들어지지 않았다.

세상 어느 곳에서든 두 삶의 소소한 사정이 아예 똑같을 수는 없다.

보다시피 지금 나는 이 낯선 동네의 어느 호텔 방에 들어와 있다. 시골 마을 호텔이다. 파리들이 방 안을 날아다닌다. 내가 이런 감상을 적고 있는 종이에 방금 파리 한 마리가 내려앉았다. 나는 쓰기를 멈추고 그 파리를 바라봤다. 파리는 세상에 수십억 마리가 있겠지만 그중 똑같은 두 마리는 없을 거라고 감히 말해본다.

파리들이 사는 사정은 똑같지 않다.

내가 지금처럼 여행길에 올라 집에서 멀리 떠나온

데는 분명 특별한 이유가 있으리라 생각한다.

고향에서 나는 정해진 집에 산다. 그곳에는 내 가정이 있고 내가 부리는 사람이 있으며 식구가 있다. 나는 동네 대학에서 철학을 가르치는 교수이며 그곳 동네 생활과 학내 생활에서 정해진 자리를 확고하게 차지하고 있다.

저녁의 대화, 음악, 우리 집에 오는 사람들.

정해진 사무실로 갔다가 강의하는 교실로 가서 사람들을 보는 나 자신.

이런 사람들에 대해 조금은 안다. 그게 내 문제일지도 모른다. 조금은 알지만 충분히는 알지 못하는 것.

내 정신과 내 공상은 그들을 바라보며 무뎌진다.

나는 너무 많이 알면서도 충분히 알지 못한다.

이곳은 내가 사는 거리의 어느 집과 비슷하다. 그 거리, 고향 마을 거리의 어느 특정한 집을 예전의 나는 무척 궁금해했다. 무슨 이유에선지 그 집에 사는 사람들은 은둔 생활을 했다. 집에서 나오는 일이 거의 없어서 마당 밖으로 나와 거리에 들어서는 일도 좀처럼 없었다.

그래서 뭐 어쨌다고?

호기심이 동했단 거지. 그뿐이다.

나는 낯설게 살아있는 뭔가를 내면에 품고 그 집을 걸어서 지나다녔다. 알아낸 사실은 많지 않다. 그곳에는 턱수염 기른 남자 노인과 안색 파리한 여자가 살았다. 산울타리가 높았는데 나는 그 사이를 들여다본 적이 있다. 남자가 나무 아래에서 약간 자라난 잔디 위를 초조하게 서성이고 있었다. 손깍지를 꼈다 풀었다 하며 무슨 말을 중얼거렸다. 그 비밀스러운 집의 문과 덧문은 전부 닫혀 있었다. 내가 들여다봤을 때 그 안색 파리한 나이 든 여자가 문을 조금 열고 남자 쪽을 내다봤다. 그러다 문이 도로 닫혔다. 여자는 남자에게 아무 말도 하지 않았다. 남자를 보는 눈에 사랑이나 두려움이 있었냐고? 내가 무슨 수로 알겠나? 보이지가 않았는데.

언제 한번은 젊은 여자의 음성을 들었다. 주변에서 젊은 여자를 본 적은 한 번도 없었지만. 때는 저녁이었고 여자는 노래하고 있었다. 자못 달콤한 젊은 여자 목소리였다.

됐다. 이게 끝이다. 삶은 생각보다 이런 모습에 더

가깝다. 소소하고 기이한 말단 파편 같은 것들. 우리에게 주어지는 것은 이 정도가 전부다. 나는 생기와 호기심을 품고 그곳을 걸어서 지나다니곤 했다. 그러는 것이 즐거웠다. 심장이 살짝 콩닥거렸다.

소리가 더 또렷하게 들렸고 더 많은 것이 느껴졌다.

나는 호기심이 동한 나머지 그 거리에 있는 친구들에게 저 사람들은 어떤 사람이냐고 물어봤다.

"그 사람들은 괴짜야." 사람들은 말했다.

글쎄, 괴짜 아닌 사람이 있나?

중요한 것은 내 호기심이 서서히 사그라들었단 사실이다. 나는 그 집에서 펼쳐지는 삶의 괴짜스러움을 받아들였다. 그 성질은 내가 사는 거리에서 펼쳐지는 삶의 일부가 되었다. 나는 거기에 무뎌졌다.

나 자신의 집이나 내가 사는 거리에서 펼쳐지는 삶에, 내 제자들이 사는 삶에 나는 무뎌졌다.

"여기는 어디인가? 나는 누구인가? 나는 어디서 왔나?" 요즘 누가 자기 자신에게 이런 질문을 하나?

아까 죽은 남편을 기차에 싣고 떠나려 하던 여자가 저기 있다. 나는 여자를 그저 흘깃 보고 호텔로 걸어와 방으로 올라왔다만(그야말로 흔해빠진 호텔 방이다) 여기 이렇게 앉아서는 그녀를 생각하고 있다. 그녀의 삶을 재구성하고 그녀의 여생을 함께 살아나간다.

종종 이런 일을 벌인다. 이렇게 낯선 곳에 훌쩍 혼자 오는 것이다. 아내가 "당신 어디 가?"라고 하면 나는 말한다. "목욕 좀 하려고."

아내는 나도 누구처럼 좀 괴짜라 생각하지만 이런 내게 익숙해졌다. 아내가 인내심 강하고 성품이 온화한 여자라 얼마나 감사한지 모른다.

"생판 모르는 사람들의 삶으로 나 자신을 씻어내려고 해."

나는 질릴 때까지 이 호텔에 앉아 있다가 낯선 거리를 걸으며 낯선 집과 낯선 얼굴을 볼 것이다. 사람들도 나를 볼 것이다.

저 남자 누구야?

낯선 사람이군.

이런 게 좋다. 마음에 든다. 이따금 낯선 사람이 되

어 아무 용건도 없이 낯선 곳을 돌아다니며 그저 걷고 생각하고 몸을 씻는 것.

다른 사람들, 이 낯선 곳 사람들의 가슴에 살짝 울렁임을 주는 것. 내가 낯선 뭔가라는 이유로 말이다.

젊을 때였다면 여자를 꾀어보려고도 했을 것이다. 낯선 곳에 왔으니 여자랑 있으려 하면서 내 가슴에도 울렁임을 주려 했을 것이다.

지금은 그러지 않는다. 흔히 말하듯 특별히 아내에게 신의를 지켜서도 아니고 낯설고 매력적인 여성에게 흥미가 없어서도 아니다.

뭔가 다른 이유가 있다. 삶의 때가 묻은 내가 여기 낯선 곳에 와 낯선 삶으로 몸을 씻어 다시 깨끗하고 새로워지고자 하기 때문일 수도 있겠다.

그리하여 나는 이 낯선 곳을 걷는다. 꿈을 꾼다. 스스로에게 공상을 허락한다. 나는 진작 거리로 나와 이 동네의 몇몇 거리에 들어서서 산책을 했다. 낯선 인생들 주위로 덩어리진 새로운 공상의 소소한 흐름을 내 안에서 깨웠다. 낯선 사람으로 걸으며, 지팡이를 들고 느리게 길을 따라가며, 걸음을 멈추고 가게들을 들여다 보며, 걸음을 멈추고 집집의 창문과 정원을 들여다보며 뭐랄까, 내 안에 있던 것과 같은 어떤 감정을 다른 사람들의 내면에서 깨웠다.

이러는 것이 전부터 마음에 들었다. 오늘 밤 이 동네에는 집집이 이야기할 거리가 생긴다.

"웬 낯선 남자가 있더라. 행동거지가 괴짜 같던데. 뭐 하는 사람인가 몰라."

"어떻게 생겼던?"

내가 어떤 사람인지 캐려는, 날 설명하려는 시도. 다른 이들의 정신 속에서 그려지는 그림. 소소하게 흐르는 생각과 공상이 다른 이들의 내면에서, 그리고 내 속에서도 시작되었다.

나는 이곳 낯선 동네의 낯선 호텔 방에 희한하게 상쾌해진 기분으로 앉아 있다. 여기서 잠은 이미 잤다. 잠은 달콤했다. 지금은 아침이고 만물이 잠잠하다. 오늘 시간을 봐서 다른 기차를 타고 집에 돌아가겠다고 감히 말해본다.

그런데 지금 이런저런 기억이 떠오른다.

어제 이 동네 이발소에 있었다. 머리를 잘랐다. 머리 자르는 것은 내가 싫어하는 일이다.

'낯선 동네에 있는데 할 일이 없으니 머리를 잘라야겠군.' 이발소에 들어가면서 생각했다.

한 남자가 머리를 잘라줬다. "일주일 전에 비가 왔지요." 그가 말해서 나도 말했다. "네." 우리 사이에 오간 대화는 이게 다였다.

하지만 그 이발소에서는 다른 대화도 오갔다. 꽤 많이.

여기 이 동네에 왔던 어떤 남자가 부도수표를 냈다. 그중 한 장은 10달러짜리였고 그 가게 이발사 중 한 명 이름으로 끊겨 있었다.

수표를 낸 남자는 나처럼 낯선 사람이었다. 그걸로 얘기가 나왔다.

쿨리지 대통령*처럼 생긴 남자가 들어와 머리를 잘랐다.

이어서 다른 남자가 면도하러 왔다. 볼이 홀쭉한 노인이었고 왠지 선원처럼 보였다. 그냥 농부였으리라

---

* 미국 30대 대통령 캘빈 쿨리지. 1923년부터 1929년까지 재임했다.

고 감히 말해본다. 여기는 바닷가 마을이 아니니까.

그 안에서는 대화가 충분히 오갔다. 빙빙 도는 대화가.

나는 생각에 잠긴 채 밖으로 나왔다.

뭐, 내가 이런 식이다. 아까는 이렇게 불쑥 낯선 곳으로 떠나는 습관이 생겼다는 이야기를 하고 있었지. "일이 그렇게 된 이래로 줄곧 이랬다"고. 나는 "그렇게 되었다"란 표현을 썼다.

아니, 뭐가 그렇게 됐는데?

별건 아니고.

한 여학생이 죽었다. 자동차에 치였다. 내 수업 하나를 듣던 여학생이었다.

내게 그 여학생이 특별하지는 않았다. 그냥 내 수업 하나를 듣는 여학생, 정확히는 성인 여자였을 뿐. 여학생이 죽었을 때 나는 이미 결혼한 몸이었다.

여학생은 내 방, 내 사무실에 들어오곤 했다. 우리는 거기에 앉아서 대화하곤 했다.

자리에 앉아서 내가 강의에서 말한 내용으로 대화

하곤 했다.

"이런 의미였나요?"

"아니, 꼭 그렇진 않아. 오히려 이런 쪽이지."

우리 철학자들이 어떻게 대화하는지 여러분도 알 것이다. 우리에겐 고유하다고 할 만한 언어가 있다. 대부분이 헛소리라고 나는 종종 생각한다.

나는 그 여학생, 아니, 여자와 대화를 시작해 계속 이어갔다. 그녀의 눈은 회색이었다. 진지한 표정이 보기 좋았다.

혹시 아는가, 가끔, 그렇게 그 여학생과 대화하면(아마 분명 죄다 헛소리였을 것이다), 뭐랄까 내 생각엔…….

가끔 내가 말할 때 여학생의 눈이 살짝 커지는 것 같았다. 여학생이 내 말을 듣지 않는다는 생각이 들었다.

별로 신경은 쓰지 않았다.

내가 대화한 것은 그러면 할 말이 생길까 해서였다.

가끔 대학 건물의 내 사무실에 그렇게 같이 있으면 기이한 정적의 시간이 닥쳤다.

아니, 정적이 아니었다. 소리들이 있었다.

그 대학 건물의 내 방문 밖에서 복도를 걸어가는 남자가 있었다. 한번은 그렇게 되었을 때 남자의 발걸음을 셌다. 스물여섯, 스물일곱, 스물여덟.

나는 그 여학생, 아니, 여자를 바라봤고 그녀는 나를 바라봤다.

알겠지만 내 쪽이 나이가 많았다. 결혼도 했고.

나는 그다지 매력적인 남자가 아니다. 그렇다 해도 그녀가 무척 아름답다고는 생각했다. 그녀 주변에는 젊은 청년이 수두룩했다.

그녀가 그렇게 나와 같이 있고 나면, 그러니까 자리를 뜨고 나면 나는 때로 몇 시간까지도 사무실에 홀로 앉아 있곤 했다는 것이 이제 기억난다. 여기 낯선 동네의 호텔 방에 아까부터 앉아 있는 것처럼.

아무것도 생각하지 않고 앉아 있었다. 소리가 내게 들어왔다. 소년 시절의 이모저모가 떠올랐다.

연애 시절과 결혼 생활의 이모저모가 떠올랐다. 나는 그렇게 묵묵히 한참을 앉아 있었다.

말은 하지 않았으나 그 순간 내 의식은 인생 어느 때보다도 또렷했다.

내가 아내에게 다소 괴짜 같은 사람으로 비친 것이 그 무렵이었다. 나는 그런 식으로 묵묵히 그 여학생, 그 여자와 앉아 있다가 집에 가곤 했고 집에서는 더더욱 묵묵하고 정적하게 있었다.

"당신은 왜 말이 없어?" 아내가 말했다.
"생각 중이니까." 내가 말했다.
아내가 내가 일과 연구를 생각하고 있다고 믿어줬으면 했다. 정말 그 생각을 했을지도 모르고.

아무튼 그 여학생, 그 여자는 목숨을 잃었다. 자동차가 거리를 건너던 그녀를 들이받았다. 사람들 말로는 그녀가 정신을 딴 데 팔고 있었단다. 가고 있는 차 앞으로 곧장 걸어갔단다. 내가 사무실에 앉아 있을 때 마찬가지로 교수인 어떤 남자가 들어와서 말해줬다.
"완전히 죽었어. 구조될 때 이미 완전히 죽어 있었대."
"그렇군." 그가 나를 상당히 차갑고 인정머리 없는 사람으로 봤으리라고 감히 말해본다. 감정이라곤 없는 학자라 여겼겠지.

"운전자 잘못은 아니었어. 운전한 사람한텐 아무 책임 없어."

"여자가 차 앞으로 곧장 걸어갔다고?"

"응."

그때 내가 손가락으로 연필을 만지작거렸던 것을 기억한다. 움직이지는 않았다. 분명 두 시간인가 세 시간을 그렇게 앉아 있었을 것이다.

밖으로 나가서 걸었다. 걷는데 기차가 보였다. 그래서 올라탔다.

그런 뒤 아내에게 전화했다. 그때 아내에게 무슨 말을 했는지는 기억나지 않는다.

아내는 문제 삼지 않았다. 나는 이런저런 변명을 했다. 아내는 인내심 강하고 성품이 온화한 여자다. 우리 사이에는 아이가 넷 있다. 아내는 아이들에게 온통 정신이 쏠려 있으리라고 감히 말해본다.

나는 낯선 동네로 가서 그곳을 걸었다. 나 자신이 삶의 시시콜콜한 면을 관찰하지 않을 수 없게 했다. 그때는 사나흘 정도 머물렀다가 집으로 돌아갔다.

그후로 드문드문 똑같은 일을 해왔다. 집에서는 소소한 것에 무뎌지기 때문이다. 여기처럼 낯선 곳에 있으면 의식이 더 또렷해진다. 그게 마음에 든다. 그렇게 해서 나는 더 살아난다.

보다시피 지금은 아침이고 나는 낯선 동네에 있다. 내가 아는 사람이 아무도 없고 나를 아는 사람이 아무도 없는 곳이다.

어제 아침, 이 호텔 방에 왔을 때와 마찬가지로 소리가 있다. 소년이 거리에서 휘파람을 분다. 다른 소년이 아득한 곳에서 외친다. "아호."

거리에서, 내 방 창문 아래에서 목소리가 들린다. 낯선 목소리들. 누군가가 이 동네 어딘가에서 카펫을 때리고 있다. 기차 들어오는 소리가 들린다. 해가 내리쬐고 있다.

나는 여기 이 동네에 하루 더 머물 수도 있고 다른 동네에 한 곳 더 갈 수도 있다. 내가 어디 있는지는 아무도 모른다. 보다시피 나는 이렇게 삶으로 목욕하고 있다. 성에 차게 목욕하고 나면 상쾌해진 기분으로 집에 갈 것이다.

형제

나는 시골 내 집에 있고 10월이 끝나간다. 비가 온다. 집 뒤에는 숲이 있고 앞에는 길이 있으며 그 너머로는 들판이 펼쳐진다. 이곳 시골은 야트막한 언덕이 느닷없이 납작해져 평원이 되는 땅이다. 판판한 시골 땅을 건너 32킬로미터쯤 가면 커다란 도시 시카고가 있다.

이렇게 비가 오니 창문 너머 길에 줄지어 선 나무에서 나뭇잎이 비처럼 내린다. 노란빛, 붉은빛, 황금빛 나뭇잎이 우수수 낙하한다. 빗방울이 나뭇잎을 모질게 내리친다. 하늘에서 마지막으로 황금빛을 반짝이는 것은 허락되지 않는다. 10월의 나뭇잎은 바람에 실려 저기 평원 위로 쓸려갈 것이다. 춤추며 떠나갈 것이다.

어제 아침에는 동틀 녘에 일어나 산책을 나갔다. 안개가 자욱해 그 속에 빠져들었다. 평원으로 내려갔다가 언덕으로 돌아올 때 보니, 사방의 안개가 내 앞에 선 벽 같았다. 안개에서 느닷없이 나무들이 불거졌다. 그로테스크한 모양새가 마치 늦은 밤 시가의 암흑 속에서 느닷없이 튀어나와 가로등 아래에 빛이 만드는 원으로 들어오는 사람들 같았다. 위에서는 낮의 빛이 안개를 서서히 비집고 들었다. 안개가 서서히 움직였다. 우듬지가 서서히 움직였다. 나무 아래 안개는 빽빽한 보랏빛이었다. 공장촌 거리에 깔린 연기 같았다.

안개 속에서 한 노인이 다가왔다. 나는 그를 잘 안다. 이곳 사람들에게 미쳤다는 소리를 듣는 노인이다. 사람들은 "그 양반 정신이 온전하진 않지"라고들 한다. 노인은 숲속 깊숙한 곳에 자리한 작은 집에 혼자 살며, 늘 품에 끼고 다니는 작은 개가 있다. 나는 아침에 산책하다가 이 노인을 여러 차례 마주쳤고 그때마다 노인은 자기 형제자매고 사촌이고 친척 아저씨와 아주머니고 매부라며 남자들과 여자들의 이야기를 했다. 혼란스러웠다. 노인은 당장 가까이 있는 사람들에게 다가가지 못해 신문에서 이름을 주워다 머릿속으로 가지고 논다. 어느 아침에는 나더러 자기가 콕스*라는 남자와 사촌지간이라고 했다. 내가 글을 쓰는 지금 대통령 후보인 그 콕스 말이다. 또 어느 아침에는 가수 카루소*가 자기 처제와 결혼했다고 했다. "내 마누라 여동생 말이야." 그러면서 노인은 작은 개를 바투 잡았다. 노인의 물기 어린 회색 눈이 뭔가를 호소하는 것처럼 보였다. 내가 믿어주기를 바라는 것이었다. "마누라는 늘씬하고 다정한 아가씨였지." 노인이 선포하듯 말했다. "우린 커다란 집에 같이 살았고 아침마다 팔짱 끼고 산책했어. 이젠 처제가 그 가수 카루소랑 결혼했지. 그 사람도 이제 나랑 가족이라 이거야."

노인이 여태 결혼하지 않았다는 말을 들은 바 있었으므로 나는 의아해하며 멀어졌다. 9월 초 어느 아침에 마주친 노인은 자기 집 근처 오솔길 옆 나무 아래

---

* 제임스 M. 콕스. 오하이오 출생이며 1920년 미국 대통령 선거에 민주당 후보로 출마했다.
* 엔리코 카루소. 이탈리아 출신의 테너 성악가.

에 앉아 있었다. 개가 나를 향해 짖더니 달려가 노인 품으로 기어들었다. 그 무렵 시카고 신문들은 여배우와 정분이 난 아내에게 잠도리를 당하게 된 어느 백만장자의 사연으로 도배되어 있었다. 노인은 그 여배우가 자기 누이라고 했다. 노인의 나이는 예순 살이고 신문에 난 여배우는 스무 살인데도 유년 시절을 같이 보냈다고 말했다. "지금 모습만 봐선 상상이 안 되겠지만 우리가 그땐 가난했거든. 진짜 그랬어. 언덕 비탈에 있는 작은 집에 살았지. 한번은 폭풍이 와서 바람에 집이 날아갈 뻔도 했고. 바람이 어떻게 그렇게 불던지! 우리 아버지는 목수였는데 남들 집은 튼튼하게 지으면서도 정작 우리 집은 별로 튼튼하게 짓지 않았던 게야!" 노인이 애석하게 고개를 저었다. "배우인 누이가 곤란해졌네. 우리 집은 그다지 튼튼하지 않았지." 노인이 말하는 사이 나는 오솔길을 따라 멀어졌다.

* * *

아침마다 우리 마을로 배달되는 시카고 신문들은 한두 달 동안 어느 살인 사건으로 도배되었다. 거기

사는 어떤 남자가 자기 아내를 살해했는데 아무런 동기가 없어 보였단다. 이야기가 어떻게 되냐면……

 현재 법정에서 재판받고 있고 교수형에 처해질 것이 틀림없는 그 남자는 자전거 공장에서 감독관으로 일하며 아내, 장모와 같이 32번가의 다세대 주택에 살았다. 자신이 다니는 공장 사무실에서 일하는 아가씨를 사랑했다. 아가씨는 아이오와의 어느 소도시 출신이었고 이 도시로 와서는 우선 친척 아주머니 집에 살았는데 그러던 중 그 아주머니가 세상을 떠났다. 둔중한 몸에 무감정한 얼굴, 회색 눈을 지닌 감독관에게 이 아가씨는 세상에서 제일 아름다운 여자로 보였다. 아가씨의 책상 자리는 건물의 부속 동 비슷한 공장 구석의 창가였고 작업장에 있는 감독관은 다른 창가의 책상을 썼다. 그는 자기 책상에 앉아 부서 직원 한 명 한 명의 작업 기록을 서류로 작성했다. 고개를 들면 자기 책상에 앉아 일하는 아가씨가 보였다. 아가씨가 오묘하게 예쁘다는 생각이 불현듯 들었다. 가까워지려 노력해보자거나 그녀의 마음을 얻어야겠다는 생각은 하지 않았다. 그는 별을 바라보듯, 나뭇잎이 온통 붉은빛과 누런 황금빛인 10월에 언덕 야트막한 시골 땅을 건너다보듯 아가씨를 바라봤다. '저 아가씨는 맑고 순결한 무언가야' 하고 어렴풋이 생각했다. '창가에 앉아 일하면서 무슨 생각을 할는지.'

감독관은 공상 속에서 아이오와 출신 아가씨를 자기 집인 32번가 다세대 주택으로, 아내와 장모 앞으로 데려왔다. 작업장에 있는 낮 내내 그리고 집에 있는 저녁 내내 아가씨의 형상을 머릿속에 품고 다녔다. 다세대 주택 창가에 서서 일리노이 중앙 철도 선로와 선로 너머의 호수를 내다볼 때면 옆에 그 아가씨가 있었다. 아래에서는 여자들이 거리를 거닐었고 그의 눈에 비치는 여자들은 모두 그 아이오와 아가씨 같은 구석이 있었다. 어떤 여자는 그 아가씨처럼 걸었고 어떤 여자는 그 아가씨가 떠오르는 손짓을 했다. 아내와 장모만 빼고 그의 눈에 비치는 여자들은 하나같이 그가 마음에 품은 아가씨를 닮아 있었다.

정작 집에 있는 두 여자는 수수께끼처럼 감독관을 혼란스럽게 했다. 그들은 갑자기 못나고 평범해졌다. 특히 아내는 그의 몸에 들러붙은 웬 괴상하고 못난 종양 같았다.

공장에서 낮을 보내고 저녁이 되면 그는 집으로 와

자기만의 공간에서 저녁을 먹었다. 원래가 과묵한 남자인지라 말을 안 해도 신경 쓰는 사람은 없었다. 저녁식사를 마친 후에는 아내와 영화를 보러 갔다. 자식은 둘이었고 아내가 하나를 더 임신 중이었다. 두 사람은 다세대 주택에 들어와 엉덩이를 붙였다. 계단 두 층을 오르느라 아내는 지친 상태였다. 지쳐버린 몸으로 끙끙대며 엄마 옆 의자에 앉았다.

장모는 유순한 사람이었다. 하인 대신 집안일을 해주면서도 돈을 받지 않았다. 딸이 영화를 보러 가고 싶어 하면 손 흔들며 미소 지었다. "가보렴. 난 가고 싶은 마음이 없어. 여기 앉아 있는 게 낫지." 그렇게 말하며 앉아서 책을 읽었다. 아홉 살 남자아이가 잠에서 깨어 울었다. 변기에 앉고 싶단 것이었다. 그러면 장모가 아이를 챙겼다.

남자와 아내가 집에 오면 세 사람은 잠자리에 들기 전까지 한두 시간 말없이 앉아 있었다. 남자는 신문을 읽는 척했다. 그러면서 자기 양손을 봤다. 꼼꼼히 씻었는데도 자전거 뼈대에서 묻어나온 윤활유 때문에 손톱 아래에 얼룩이 진하게 남아 있었다. 남자는 아이오와 아가씨와 타자기 자판 위를 노니는 아가씨의 날

형제

래고 하얀 손을 생각했다. 자신이 더럽고 불편하게 느껴졌다.

공장 아가씨는 감독관이 자신에게 반했음을 알았고 그 생각에 살짝 설렜다. 친척 아주머니가 죽은 뒤로 하숙집에서 살고 있어 저녁에 할 일이 없던 참이었다. 감독관은 그녀에게 아무 의미도 없지만 어떤 면으로는 이용 가치가 있는 남자였다. 아가씨에게 이 남자는 하나의 상징이 되었다. 그는 이따금 사무실로 들어와 문가에 얼마간 서 있었다. 커다란 손은 시커먼 윤활유 범벅이었다. 아가씨는 그에게 눈길은 줬지만 정말로 보지는 않았다. 상상 속에서는 그 남자 대신 훤칠한 청년을 세워놓았다. 감독관에게서 아가씨가 정말로 본 것은 기묘한 불길로 타오르는 회색 눈뿐이었다. 그 두 눈은 간절함을 드러냈다. 저를 내세우지 않으면서도 신실한 간절함을. 그런 눈을 한 남자 앞에서는 겁먹지 않아도 될 것 같았다.

아가씨는 눈에 그런 기색을 담고 자신에게 와줄 연인을 원했다. 가끔, 2주에 한 번쯤은 마무리하지 않으면 안 되는 일이 있는 척 조금 늦게까지 사무실에 남았다. 창문 너머로 감독관이 기다리는 모습이 보였다.

사람들이 다 가고 나면 아가씨는 책상 덮개를 닫고 거리로 걸음을 내디뎠다. 그러면 동시에 감독관도 공장 문을 나섰다.

거리를 따라 대여섯 블록 정도 같이 걸으면 아가씨가 전차를 타는 곳이 나왔다. 공장은 사우스시카고란 곳에 있었고 두 사람이 길을 가는 사이 저녁이 다가왔다. 거리에는 페인트칠을 하지 않은 작은 목조 주택들이 늘어서 있었고 얼굴 꾀죄죄한 아이들이 소리를 지르며 먼지 날리는 도로를 뛰어다녔다. 두 사람은 다리를 건넜다. 버려진 석탄 바지선 두 척이 강물에서 썩어가고 있었다.

남자는 아가씨 옆에서 둔중한 걸음을 옮기며 양손을 감추려 애썼다. 공장을 나서기 전 박박 문질러 씻은 손이지만 그로서는 몸 옆에 둔중하고 더러운 폐기물이 달린 느낌이었다. 두 사람이 같이 걸은 것은 몇 번뿐이었고 어느 여름날에 남자는 "덥군요"라고 말했다. 아가씨에게 날씨 말고 다른 이야기는 한 적이 없었다. "덥군요. 비가 올 수도 있겠어요."

아가씨는 이따금 찾아오는 연인을, 키 크고 말쑥한 청년을, 집과 땅을 많이 소유한 부자를 꿈꿨다. 옆에서 걷는 이 노동자는 자기가 생각하는 사랑과 아무 관계가 없었다. 아가씨가 이 남자와 같이 걸은 것은, 다른 사람들이 다 나갈 때까지 사무실에 남았다가 남들 눈에 띄지 않고 그와 같이 걸은 것은, 남자의 두 눈 때문이었다. 그 눈에 간절하면서도 동시에 자기를 내세우지 않는 무언가가, 자신에게 머리를 숙이는 무언가가 담겨 있기 때문이었다. 이 남자 앞은 위험하지 않았고 위험할 리가 없었다. 그는 결코 지나치게 가까이 다가오려 하지 않을 것이며, 자신에게 손을 대려 하지도 않을 것이었다. 이 남자 옆에서는 안전했다.

그날 저녁 다세대 주택에서 남자는 전깃불 아래에 아내와 장모와 앉아 있었다. 옆방에서는 두 아이가 자고 있었다. 얼마 안 있으면 아내가 아이를 또 낳을 것이다. 아내와 영화를 보고 왔으니 얼마 안 있으면 두 사람은 같이 잠자리에 들 것이다.

그는 뜬눈으로 누워 생각할 것이다. 다른 방에 있는 장모가 이불 속에서 구물거리느라 침대 스프링이 삐걱대는 소리가 들릴 것이다. 삶에 허물이 너무 없었다. 그는 간절하게, 기대에 차 뜬눈으로 누워 있을 것이다. 무엇을 기대하기에?

그런 것은 없다. 곧 아이 하나가 울 것이다. 침대에서 나와 변기에 앉아야겠다는 것이다. 이상하거나 특이하거나 예쁜 일은 일어나지 않을 것이며 일어날 수도 없었다. 삶이 너무 가깝고 허물없었다. 이 다세대 주택에서 일어나는 일은 어떤 식으로도 남자를 흔들 수 없었다. 아내가 하는 말과 간간이 미적지근하게 터뜨리는 정욕도, 하인이 할 일을 돈도 받지 않고 하는 장모의 유순함도……

남자는 다세대 주택 전깃불 아래에 앉아 신문을 읽는 척하면서 실은 생각에 잠겼다. 제 양손을 봤다. 커다랗고 볼품없는 노동자의 손이었다.

아이오와 출신 아가씨의 형상이 방 안을 거닐었다. 그는 아가씨와 다세대 주택을 나가 말없이 거리를 몇 킬로미터 걸었다. 굳이 말을 꺼낼 필요가 없었다. 아가씨와 해변을, 산마루를 걸었다. 쾌청하고 고요한 밤에 별이 빛났다. 아가씨도 별이었다. 굳이 말을 꺼낼 필요가 없었다.

아가씨의 두 눈은 별 같았고 입술은 별빛 받은 어스름한 평원에 완만히 솟은 언덕 같았다. '닿을 수 없는 여자야, 별처럼 까마득하지.' 그는 생각했다. '닿을

수 없는 것이 별과 같지만 또 별과 달라서 숨을 쉬고 살아있어. 나처럼 이 여자에게도 실체가 있다고.'

자전거 공장 감독관으로 일하던 이 남자는 6주쯤 전의 어느 저녁에 아내를 죽여 이제 법정에서 살인 재판을 받고 있다. 신문들은 연일 이 사건으로 도배되었다. 살인을 저지른 저녁에 남자는 평소처럼 아내를 데리고 영화를 보러 갔다가 아홉 시쯤 집으로 향했다. 32번가로 들어와 자신이 사는 다세대 주택 건물 근처 모퉁이에 이르렀을 때 웬 남자의 형체가 불쑥 골목에서 튀어나왔다가 도로 튀어들어갔다. 이 사건 때문에 아내를 죽이자는 생각이 남자의 머릿속에 들어왔나 싶다.

부부는 다세대 주택 건물 입구까지 와 컴컴한 복도에 들어섰다. 그런데 남자가 느닷없이, 전해진 바에 따르면 별생각도 없이 주머니에서 칼을 꺼냈다. '아까 골목으로 튀어들어간 남자는 우릴 죽일 작정이었을 거야.' 그는 칼을 펼치며 몸을 돌려 아내를 찔렀다. 두 번, 여남은 번, 미친 듯이 찔렀다. 비명이 내질러지고 아내의 몸이 고꾸라졌다.

건물 수위가 아래층 가스등 밝히는 것을 잊은 날이

었다. 일을 저지른 뒤 감독관은 판단했다. 그게 자신이 이렇게 한 이유라고. 가스등, 그리고 남자의 어두운 형체가 슬그머니 골목에서 튀어나왔다가 도로 튀어들어갔기 때문이라고. 그는 홀로 되뇌었다. "확실히, 가스등이 켜져 있었으면 내가 그렇게 했을 리가 없지."

복도에 서서 그는 생각했다. 아내는 죽었고 따라서 아내 뱃속의 아이도 죽었다. 윗집들 문 열리는 소리가 났다. 몇 분간 아무 일도 없었다. 아내와 뱃속의 아이가 죽었다, 그게 다였다.

계단을 달려올라가며 재빨리 생각했다. 아래층 계단의 어둠 속에서 칼은 이미 주머니에 도로 넣었고, 나중에 밝혀졌다시피 손과 옷에는 피가 묻지 않았다. 칼은 나중에, 흥분감이 조금 사그라든 뒤에 욕실에서 꼼꼼히 씻었다. 그는 모두에게 똑같이 해명했다. "강도한테 위협당했습니다. 웬 남자가 슬그머니 골목에서 나오더니 나랑 아내를 집까지 쫓아왔어요. 건물 복도까지 따라 들어왔는데 복도에 불이 안 켜져 있었습니다. 수위가 가스등 밝히는 걸 잊어서요." 뭐…… 그리고 몸싸움이 벌어져 어둠 속에서 아내가 살해당했다. 어떻게 된 일인지 그는 말할 수 없었다. "불이 안 켜져 있었어요. 수위가 가스등 밝히는 걸 잊어서요"라고만 되풀이했다.

하루이틀 동안은 딱히 취조를 받지 않았으므로 칼을 처분할 시간이 있었다. 그는 한참을 걸어가 사우스 시카고의 강에 칼을 던졌다. 버려진 석탄 바지선 두 척이 다리 아래에서 썩어가는 그곳, 여름날 저녁 순결하고 맑은 아가씨와 전차 타는 곳까지 걸어가며 건넜던 다리, 까마득하고 닿을 수 없어 별과 같으면서도 별과 같지 않은 아가씨.

그후 체포된 남자는 곧장 자백했다. 전부 털어놓았다. 아내를 죽인 이유는 모르겠다고 했고 사무실 아가씨에 대해서는 아무 말도 하지 않으려고 조심했다. 신문사들은 범죄 동기를 알아내려 했다. 지금도 애쓰고 있다. 남자가 그 아가씨와 저녁에 같이 걷는 모습을 몇 번 봤다는 사람이 있어 아가씨도 사건에 휘말렸고 신문에 사진까지 실렸다. 아가씨는 그 남자와 아무 관계도 아니란 것을 당연히 증명할 수 있었지만 그게 성가시긴 했다.

＊＊＊

 어제 아침 도시 끄트머리에 있는 여기 우리 마을에는 안개가 자욱하게 깔렸고 나는 이른 아침에 한참을 산책했다. 저지대를 나와 우리 언덕진 시골 땅으로 돌아올 때 가족의 가지가 그렇게나 많이 또 그렇게나 이상하게 뻗치는 노인을 만났다. 노인은 작은 개를 품에 끼고 얼마간 내 옆에서 걸었다. 날이 추워서 개가 낑낑대며 몸을 떨었다. 안개 속 노인의 얼굴은 흐릿했다. 하늘 위 안개구름과 더불어, 우듬지와 더불어 얼굴이 서서히 앞뒤로 움직였다. 아내를 죽여 아침마다 우리 마을로 오는 도시 신문들에서 요란하게 호명되는 그 남자 이야기를 노인이 꺼냈다. 그는 내 옆에서 걸으며 지금은 살인자가 된 형제와 같이 살던 시절을 구구절절 풀어내기 시작했다. "그 남자 내 형제야"란 말을 몇 번이고 되풀이하며 노인은 고개를 저었다. 내가 믿지 않을까 봐 걱정하는 눈치였다. 사실을 확실히 해야만 했다. "어릴 적에 같이 살았어, 그 남자랑 나." 노인이 다시 말을 시작했다. "거 왜, 아버지 집 뒷마당 헛간에서 같이 놀고 그랬지. 우리 아버지는 배를 타고 바다로 떠났어. 그래서 우리 이름을 헷갈리게 됐고.

형제

무슨 말인지 알 거야. 우린 이름은 다르지만 형제야. 아버지가 같으니. 우린 아버지 집 뒷마당 헛간에서 같이 놀았어. 헛간에서 몇 시간이고 건초에 누워 있으면 참 포근했는데."

안개 속에서 노인의 호리호리한 몸이 왜소하고 옹이 진 나무를 닮아갔다. 이어서 허공에 매달린 무언가가 되었다. 교수대에 걸린 몸뚱이처럼 앞뒤로 덜렁거렸다. 노인의 얼굴은 그 입술이 하려는 이야기를 믿어 달라고 내게 간청했다. 내 머릿속에서는 남자들과 여자들의 관계에 대한 모든 사실이 꼬여 뒤죽박죽되었다. 아내를 죽인 남자의 영혼이 길섶에 있는 왜소한 노인의 몸으로 들어왔다.

영혼은 도시의 법정에서는, 판사 앞에서는 결코 할 수 없을 이야기를 들려주려 애썼다. 인간이 느끼는 외로움의 전모가, 닿을 수 없는 아름다움에 손을 뻗어보려던 이야기가, 외로움에 실성해 안개 낀 아침 시골길 변두리에 서서 작은 개를 품에 끼고 웅얼거리는 노인의 입술로부터 자신을 드러내려 했다.

노인의 두 팔이 개를 어찌나 꽉 끌어안았던지 개가 아파하며 낑낑대기 시작했다. 경련 비슷한 것으로 노인의 몸이 휘청거렸다. 혼이 바둥대며 이 몸에서 자신을 비틀어 떼어내 안개를 뚫고 저기 평원을 가로질러 도시로 날아가려는 듯했다. 저기 도시에 있는 가수와 정치인과 백만장자와 살인자에게, 형제와 사촌과 누이에게로. 노인의 강렬한 갈망이 끔찍해 나는 연민으로 몸이 떨려왔다. 노인의 팔이 작은 개의 몸을 조여 개가 아프다고 울었다. 내가 나서서 노인의 팔을 떼어내자 개가 땅에 떨어져 널브러진 채 낑낑댔다. 다친 것이 틀림없었다. 갈비뼈가 으스러졌는지도 몰랐다. 자전거 공장 노동자가 다세대 주택 건물 복도에서 죽은 아내를 빤히 봤던 것처럼 노인은 발치에 널브러진 개를 빤히 쳐다봤다. "우린 형제야." 노인이 재차 말했다. "이름은 다르지만 형제라고. 알다시피 우리 아버지는 바다로 나갔지."

* * *

나는 시골 내 집에 앉아 있고 비가 온다. 눈앞에 펼쳐진 언덕이 느닷없이 꺼지면 판판한 평원이 나오고 평원 너머에는 도시가 있다. 한 시간 전 숲속 집에 사는 노인이 내 집 문을 지나쳤는데 작은 개는 같이 있지 않았다. 우리가 안개 속에서 이야기할 때 노인이 제 동무의 생명을 으스러뜨렸을 수도 있다. 노동자의 아내와 뱃속의 아이처럼 그 개도 죽었을 수 있다. 창문 앞 길에 줄지어 선 나무에서 나뭇잎이 비처럼 내린다. 노란빛, 붉은빛, 황금빛 나뭇잎이 우수수 낙하한다. 비가 나뭇잎을 모질게 내리친다. 하늘에서 마지막으로 황금빛을 반짝이는 것은 허락되지 않는다. 10월의 나뭇잎은 바람에 실려 저기 평원 위로 쓸려갈 것이다. 춤추며 떠나갈 것이다.

전쟁

이 이야기는 기차에서 만난 어느 여자에게 전해 들은 것이다. 붐비는 객차에서 나는 그 여자 옆자리에 앉았다. 여자와 일행인 남자가 근처에 있었다. 호리호리하니 여자아이 같은 체형에 마부들이 겨울에 입을 법한 묵직한 갈색 면 외투를 입은 남자였다. 그는 객차 통로를 오가면서 내가 앉은 여자 옆자리를 노렸으나 그때의 나는 그 사실을 몰랐다.

여자는 둔중한 얼굴에 코가 두툼했다. 무슨 일을 당한 여자다. 한 대 맞았거나 넘어진 것이다. 그렇게 넙데데하고 두툼하고 못생긴 코를 자연이 만들었을 리 없다. 내게 말을 걸어온 여자의 영어는 썩 훌륭했다. 지금 생각하니 여자가 그 갈색 면 외투 남자에게 잠시 질렸던 게 아닌가 싶다. 그 사람과 며칠째, 어쩌면 몇 주째 같이 이동했으니 다른 사람과 몇 시간쯤 보낼 수 있는 기회가 반가웠던 게 아닌지.

한밤중에 사람들로 붐비는 열차를 탄 느낌을 누가 모를까. 우리는 아이오와 서부와 네브래스카 동부를 뚫고 달렸다. 여러 날 동안 비가 내려서 들판에는 물이 넘쳐 있었다. 쾌청한 밤 달이 나왔고 차창 밖 풍경은 낯설었지만 희한하게도 무척 아름다웠다.

어떤 느낌인지 알 것이다. 거무죽죽하고 헐벗은 나무들이 저 나라에서 그러듯 무리 지어 서 있고, 물웅덩이에 비친 달은 기차가 바삐 달릴 때 그러듯 달음질치고, 객차는 덜컹거리고, 저마다 외따로 떨어진 농가들에 불이 밝혀져 있고, 또 이따금 서쪽으로 질주하는 기차가 마을을 통과하면 마을 불빛들이 무리무리 뭉쳐지고.

여자는 전쟁에 허덕이는 폴란드를 막 벗어난 참이었다. 초토화된 그 땅을 신만이 아실 기적의 힘으로 연인과 함께 벗어난 것이다. 그녀는 내가 전쟁을 느끼게 해줬다. 그 여자가 그걸 해냈다. 그녀가 내게 들려준 이야기를 나는 여러분에게 들려주고자 한다.

우리 대화가 어떻게 시작되었는지는 기억나지 않는다. 내 기분의 이상한 구석이 어쩌다 그녀의 기분에 맞춰 자라나다 못해 결국 그녀의 사연이 차창 밖 고요한 밤의 수수께끼가 되고 내게 그토록 많은 의미를 품게 되었는지도 설명할 수 없다.

폴란드 피란민 무리가 폴란드의 어느 길을 따라 한 독일인의 인솔하에 이동하고 있었다. 독일인은 쉰 살쯤 되었을까 싶은 남자로 수염을 기르고 있었다. 내가 생각하기로는 우리 국가에서라면 아이오와 디모인이나 오하이오 스프링필드 같은 곳의 대학에서 외국어 교수를 하고 있을 법한 남자에 가까웠다. 건장하고 강인한 몸에, 그런 남자들이 으레 그러듯 냄새가 다소 고약한 음식을 즐겨 먹을 것이다. 거기다 책을 가까이해서 한층 고약한 철학에 생각이 경도되어 있을 것이다. 독일인이라는 이유로 전쟁에 끌려온 그는 독일식 힘의 철학이 영혼에 깊이 스며 있었다. 상상하건대 머릿속에는 자꾸 신경 쓰이는 다른 생각이 희미하게 존재했고 그래서 진심으로 정부를 위해 일하고자 책을 읽어서 자신이 싸워 지키려는 강력하고 끔찍한 뭔가를 향한 감정을 다시 정립하려 했을 것이다. 그는 쉰을 넘긴 나이라 전선에 나가지는 않았고 대신 피란민을 인솔했다. 폐허가 된 마을을 떠나 음식을 먹을 수 있는 철길 근처 수용소로 그들을 데려가는 일이었다.

피란민은 다들 소작농이었는데 미국에서 나와 같이 기차를 탄 그 여자와 그녀의 연인 그리고 예순다섯 살 노파였던 그녀의 어머니만이 예외였다. 그들은 땅을 조금 가진 지주였고 다른 일행들은 그들의 땅에서 일했다.

폴란드 시골길을 따라 일행을 인솔한 독일인은 무거운 걸음을 옮기며 어서 앞으로 가라고 그들을 재촉했다. 몰아붙이는 기세가 인정사정없었는데, 피란민들의 대장 격인 예순다섯 살 노파가 안 가겠다고 꿋꿋이 버티는 기세도 못지않게 인정사정없었다. 비가 내리던 그날 밤 노파가 진창길에서 걸음을 멈추자 일행은 그녀 주위로 모여 섰다. 노파는 고집불통 말처럼 고개를 가로저으며 폴란드어로 뭐라뭐라 웅얼거렸다. "날 혼자 내버려두란 말이야. 내가 다른 거 바라냐고. 세상천지에 바라는 거라곤 날 좀 내버려두란 것뿐인데." 노파가 계속 되뇌자 독일인이 다가와 손으로 노파의 등을 떠밀었다. 음울한 밤을 가르는 이들의 전진은 걸음을 멈추고 여자가 뭐라 웅얼거리고 남자가 등을 떠미는 일의 한없는 반복이었다. 그들은, 그 폴란드인 노파와 독일인은 진심 어린 증오를 담아 서로를 미워했다.

일행은 얕은 개울둑 위로 나무가 모여 있는 곳에 다다랐다. 독일인이 노파의 팔을 붙들고 개울을 건너도록 잡아 끌었고 다른 사람들이 뒤를 따랐다. 노파는 몇 번이고 그 말을 되뇌었다. "날 혼자 내버려두란 말이야. 세상천지에 바라는 거라곤 날 좀 내버려두란 것뿐인데."

독일인은 빽빽한 나무 사이에서 불을 피웠다. 놀라운 능률로 몇 분 만에 높이 타오르는 불길을 일으켰다. 성냥은 물론이고 코트에 넣고 다니는 고무 안감을 댄 작은 주머니에서 마른나무까지 조금 꺼내서. 그러고는 담배를 꺼내 불거진 나무뿌리에 앉아 피우며 불 반대편에서 노파 주위로 무리 지은 피란민들을 빤히 쳐다봤다.

독일인은 깜박 잠이 들었다. 그게 문제의 발단이었다. 한 시간을 잤는데 일어나 보니 피란민들이 없었다. 벌떡 일어나 무거운 걸음으로 다시 얕은 개울을 건너고 진창길을 따라가 일행을 모으려 한 그의 모습을 상상할 수 있으리라. 머리끝까지 화가 나긴 했어도 걱정은 없었을 것이다. 길을 벗어난 소떼를 찾아 왔던 길을 되돌아갈 때처럼, 왔던 길을 따라 충분히 멀리 가기만 하면 되는 문제라는 걸 그는 알았다.

그러다 독일인이 일행 앞에 나타나자 그와 노파 사이에 싸움이 붙었다. 노파는 자기를 혼자 내버려두라고 옹얼대던 걸 멈추고 남자에게 달려들었다. 늙은 손 하나는 그의 수염을 잡았고 다른 한 손은 그의 두툼한 목살을 파고들었다.

길에서 벌어진 다툼은 한참 동안 이어졌다. 독일인은 지쳐 있었고 보기보다 힘이 세지 않았던 데다 내면의 희미한 무언가 때문에 노파에게 주먹을 날리지 못했다. 그는 노파의 가녀린 어깨를 잡아 밀쳤고 노파는 그를 잡아당겼다. 다툼이라고 했지만 사실 홀로 발버둥치는 모양새였다. 싸우는 두 사람은 그만두지 않겠다는 결의로 뭉쳐 있었으나 몸에는 그다지 힘이 없었다.

그래서 그들의 두 영혼끼리 다투기 시작했다. 기차의 여자에게 이야기를 들은 나는 상황을 분명히 이해했지만 그 느낌을 여러분에게 전하기는 어려울 수도 있을 성싶다. 나는 밤이라는 시간과 움직이는 열차 위 수수께끼 같은 분위기의 덕을 본 것이었으므로. 그건 실체가 있었다. 비 내리는 밤 어스름 속 버려진 진창길에서 두 영혼 사이에 붙은 싸움. 그 싸움은 공기를 가득 채웠고 피란민들은 주위에 모여 벌벌 떨었다. 물론 춥고 지쳐서 떨기도 했지만 다른 이유도 있었다. 무슨 어렴풋한 일이 일어나고 있다는 게 자신들을 둘러싼 사방의 공기에서 느껴졌다. 여자는 그 일을 멈출 수 있다면, 아니, 누가 성냥불이라도 피워준다면 목숨도 기꺼이 내놓았을 거라고, 자기 연인도 똑같이 느꼈다고 말했다. 부드럽고 고분고분하던 구름이 단단해져 다른 구름을 하늘에서 밀어내려고 헛되이 애쓰는 양으로, 두 갈래 바람이 싸우는 것 같았다고 했다.

이윽고 다툼은 끝났고 노파와 독일인은 탈진해 길에 주저앉았다. 피란민들은 주위에 모여 기다렸다. 무슨 일이 더 일어날 것 같았다. 아니, 사실 무슨 일이 더 일어나리라는 확신이 들었다. 그 느낌이 끈질기게 이어져서 그들이 옹기종기 모인 것이었다. 조금 홀쩍이기도 했으리라.

이때 일어난 일이 이야기의 핵심이다. 기차의 여자

는 이 점을 아주 분명하게 설명했다. 여자가 말하길 다툼을 끝낸 두 영혼이 두 몸으로 돌아갔는데 노파의 영혼은 독일인의 몸에, 독일인의 영혼은 노파의 몸에 들어가고 말았다.

그러고 나서는 당연하게도 모든 일이 퍽 단순해졌다. 독일인은 길가에 앉아 고개를 저으며 자기를 혼자 내버려두면 좋겠다고, 세상천지에 바라는 거라곤 자기를 좀 내버려두는 것뿐이라고 말했고, 폴란드인 노파는 독일인의 주머니에서 서류를 꺼내더니 동행들이 다시 길을 가도록 다그치기 시작했다. 다그침은 인정사정없이 매서웠고 동행들이 지칠 만하면 노파가 손으로 떠밀었다.

이야기는 그후로도 더 이어졌다. 학교 교사였던 여자의 연인은 아까의 서류를 챙겨서 제 연인을 데리고 그 나라를 떴다. 하지만 세세한 내용은 내 머리가 잊어버렸다. 내가 기억하는 내용은 독일인이 길가에 앉아 자기를 혼자 내버려두라고 웅얼거렸다는 것, 지금은 폴란드에 있는 노쇠한 어머니가 모진 말을 해대며 밤을 헤치고 본국으로 행군해 돌아가자고 지친 동행들을 몰아붙였다는 것뿐이다.

우유병

그해 여름 나는 시카고 노스사이드에 있는 오래된 주택 꼭대기 층의 큼직한 방에서 지냈다. 때는 8월이었고 그날 밤은 후덥지근했다. 나는 자정이 지나도록 등에 땀줄기를 흘리면서 등불 아래에 앉아, 내가 만지고 있는 이야기 속에서 살아보려 하는 공상 속 인물들의 삶으로 더듬더듬 들어가보려 용쓰고 있었다.

가망 없는 일이었다.

나는 그림자 같은 사람들의 활동에 엮였고, 그들은 그 덥고 불편한 방이라는 현실에, 중서부 농부들이야 '옥수수 키우기 좋은 날씨'라고 하겠지만 그 시기 시카고는 그야말로 생지옥이라는 현실에 엮였다. 내 공상 세계 속 그림자 같은 사람들과 나는 손을 맞잡고 나뭇잎이 죄다 타서 떨어진 숲을 더듬더듬 헤쳤다. 신발이 땅의 열기에 타버려 발에서 벗겨졌다. 우리는 숲을 지나 시원하고 아름다운 도시로 가려고 분투했다. 실상은, 여러분도 똑똑히 이해하겠지만, 내가 정신을 살짝 놓아버렸다는 것이다.

씨름하기를 포기하고 자리에서 일어나자 방 안의 의자들이 이리저리 춤을 췄다. 동시에 불타는 땅에서 정처 없이 달리고 달려 신화 속 도시에 닿으려고 애썼다. '밖에 나가서 산책이라도 하든가 호수에 뛰어들어서 몸을 식히는 게 좋겠군.' 나는 생각했다.

방에서 나와 아래로 내려가 거리에 들어섰다. 아래층에 사는 벌레스크* 배우 두 명이 저녁 일을 마치고 막 들어와 자기네 방에 앉아 이야기를 나누고 있었다. 거리에 발을 디디자마자 뭔가 묵직한 게 빙그르르 내 머리 옆을 스치더니 돌을 깔아놓은 보도에 떨어져 깨졌다. 거기서 뿜어져나온 하얀 액체가 내 옷에 묻었고, 불 밝혀진 한 칸 방에서 배우 한 명의 목소리가 들려왔다. "염병! 사는 것도 지옥 같고 일터랍시고

---

* 버라이어티 쇼 등을 상연할 때 막간에 끼워넣는 풍자극.

있는 마을도 이따위야! 신세가 개만도 못해! 근데 술도 못 마시게 한다고! 이렇게 찜통 같은 밤에 그 찜통 같은 극장에서 일하고 집에 왔더니만 눈에 보인다는 게, 상한 우유만 반쯤 남은 병이 창턱에 놓여 있는 꼴이라니!"

"이건 못 참아! 다 때려 부술 테야!" 여자가 외쳤다.

나는 집에서 동쪽으로 걸었다. 도시 북서쪽 변두리에서 성인 남녀와 아이들이 무더기로 나와 집 밖과 호숫가에서 밤을 보내려 하고 있었다. 그쪽도 숨이 턱턱 막히게 더웠고 공기는 뭔가와 씨름하는 기운으로 묵직했다. 전에는 늪지였던 수십만 평 벌판에서 200만 명은 될 사람들이 평온하고 고요한 잠을 이뤄보려고 갖은 애를 썼지만 성공하지 못하고 있었다. 물가에 좁다랗게 붙은 공원 땅 너머 어슴푸레한 어둠을 뚫고 시카고 멋쟁이들이 사는 으리으리한 빈집들이 하늘에 회청색 얼룩을 남겼다. '좋기도 하겠군.' 나는 생각했다. '여기를 벗어날 수 있는 사람도 있단 말이지. 산이나 바다 아니면 유럽으로 갈 수 있는 사람들 말이야.' 어슴푸레한 어둠 속에서 나는 풀밭에 누워 잠을 청하던 어느 여자의 다리에 발이 걸렸다. 여자 옆에는 아기가 있었고 여자가 몸을 일으켜 앉자 아기가 울음을 터뜨렸다. 나는 우물우물 사과하고 옆으로 비켜섰는데 그러면서 우유가 반쯤 차 있던 병을 발로 건드려 엎고 말았다. 풀 위로 우유가 흘러나왔다. "이런, 미안합니다. 정말 죄송해요." 나는 큰 소리로 말했다. "괜찮아요." 여자가 대답했다. "그 우유 상했거든요."

그는 키가 크고 어깨가 굽은 남자로 머리카락은 나이에 비해 일찍 세었으며 시카고에 있는 한 광고대행사에서 광고 문안 쓰는 일을 했다. 나 역시 간간이 일해본 곳이다. 나와 만난 8월의 밤에 그는 호숫가를 따라 열의에 찬 걸음걸이로 척척 걸어가며 지쳐서 심통난 사람들을 지나치고 있었다. 처음에 그는 나를 보지 못했고, 나는 남들은 하나같이 반쯤 죽어 있는 와중에 생기 있어 보이는 그를 신기하게 생각했다. 근처 도로에 걸린 가로등 불빛이 내 얼굴에 떨어지자 그가 대번에 알은척을 했다. "이게 누구야, 자네 우리 집에 좀 오지 그래." 그가 날카롭게 외쳤다. "보여줄 게 있어. 안 그래도 자네 만나러 가던 길이야. 가던 길이었단 말이지." 그는 거짓말을 하며 나를 재촉했다.

우리는 호수와 공원에서 이어지는 길로 그가 사는 다세대 주택에 갔다. 독일계, 폴란드계, 이탈리아계, 유대계 가족들은 꼬질꼬질한 담요와 언제나 보이는 우유 반병을 챙겨 야외에서 밤을 보낼 채비를 하고 와 있었다. 인파 속 미국인 가족들은 시원한 곳을 찾으려고 씨름하던 걸 포기하고 보도를 따라 작은 물줄기처럼 더운 집의 더운 침대로 졸졸 돌아갔다.

한 시를 넘긴 시간이었고 친구의 집은 더울뿐더러 어수선하기까지 했다. 아내가 자식 둘을 데리고 일리노이 스프링필드 근처 농장에 사는 친정어머니를 만나러 갔다고 했다.

우리는 외투를 벗고 앉았다. 친구의 홀쭉한 볼이 상기되었고 눈이 반짝였다. "왜 그거, 저기, 있잖아." 그는 말문은 뗐지만 주저주저했고 민망해하는 남학생처럼 웃음을 터뜨렸다. "그러니까 말이야." 그가 다시 말을 시작했다. "나는 오래전부터 진짜 글을 쓰고 싶었어. 광고가 아닌 글 말이야. 내가 세상물정을 모르나 싶지만 이렇게 생겨 먹은 걸 어쩌겠나. 사람들 마음을 뒤흔드는 뭔가 대단한 걸 써내는 게 내 오랜 꿈이었어. 광고 문안 쓰는 사람 중에 이런 꿈 있는 사람

많을걸, 안 그래? 자, 봐봐, 웃으면 안 돼. 내가 해낸 것 같아."

그는 시카고에 관해 뭔가를 썼다고 했다. 본인 말처럼 미국 중서부 전역의 중심지이자 심장인 그곳. 그는 슬슬 성을 냈다. "동부나 농장에서 여기로 온 인간들, 아니면 내가 살던 데처럼 어디 구멍 같은 소도시에서 온 인간들은 시카고를 거덜 내는 게 잘하는 짓인 줄 안단 말이야." 그가 말했다. "그런 인간들한테 한 방 먹여줘야겠다 싶었어." 그는 말을 덧붙이며 벌떡 일어나 초조하게 방 안을 서성였다.

그가 급하게 휘갈긴 글로 뒤덮인 종이 다발을 내게 건넸지만 나는 극구 거절하고 그더러 소리 내 읽어달라고 부탁했다. 그는 내게서 얼굴을 돌리고 서서 그렇게 했다. 목소리가 떨렸다. 그가 쓴 글은 지금껏 본 적 없는 어느 가상의 소도시를 다루고 있었다. 그는 그곳을 시카고라 불렀지만, 색색으로 타오르는 대로들을, 밤하늘에 내던져진 유령 같은 건물들을, 금으로 된 길을 타고 흘러내려 끝 간 데 없는 서부에 이르는 강을 숨도 안 쉬고 이어서 이야기했다. 이 도시라고, 나는 속으로 생각했다. 나와 내 이야기에 나오는 사람들이 바로 그날 저녁에, 내가 더위 때문에 정신을 살짝 놓아버려서 더 작업하지 못한 그 저녁에 찾으려고 애썼던 도시. 그가 써놓은 이 도시의 사람들은 침착하고 용감한 사람들로, 어떤 영적 승리를 향해 뚜벅뚜벅 전진했다. 그 승리의 가능성은 이 작은 도시의 물리적인 측면에 내재해 있었다.

내가 아무리 인격의 특정 요소들을 세심히 함양해 본성의 모진 면을 키우는 데 성공한 사람이라 해도 시카고에서 전차를 타겠다고 여자와 아이들을 넘어뜨릴 사람은 못 되었다. 마찬가지로 작가 얼굴에 대고 당신 작품은 쓰레기라는 말을 해줄 사람도 못 되었다.

"이거 좋네, 에드. 대단해. 이렇게 어마어마한 걸작을 뚝딱 써내다니. 시카고가 미국의 문학 수도라고 쓴 헨리 멩켄*과 견줘도 손색이 없을 정도잖아. 심지어 자네는 시카고에 살아봤고 멩켄은 아니지. 딱 하나 빠진 걸 짚자면, 가축 수용소 내용이 조금 있으면 좋겠다 싶어. 근데 그런 건 나중에 넣어도 되니까." 나는 말을 덧붙이고 나갈 채비를 했다.

---

* 미국의 기자 겸 문화비평가.

"이건 뭐야?" 질문과 함께 나는 앉아 있던 의자 옆 바닥에 놓인 종이 대여섯 장을 집어들었다. 열심히 읽었다. 다 읽고 나니 그가 우물쭈물하며 미안하다고 했다. 그러고는 방 건너편에서 걸어와 내 손에서 종이 뭉치를 채가더니 열려 있던 창문 밖으로 던져버렸다. "저건 안 본 셈 쳐줘. 시카고를 주제로 쓴 다른 글이었어." 그가 설명했다. 허둥대고 있었다.

"자네도 알겠지만 밤에도 워낙 더웠잖아. 난 사무실에서 연유 광고 문안을 써야 했어. 조용히 퇴근해서 이렇게 다른 작업을 좀 하려던 차에 붙잡힌 거야. 전차가 어찌나 붐비고 사람들 냄새는 또 어찌나 고약하던지. 겨우 집에 왔는데 아내가 나가고 없으니까 여기도 상태가 엉망이고. 뭐, 글도 안 나오고 기분만 더러웠어. 나한텐 기회였거든. 그렇잖아, 아내도 자식들도 다른 데 가고 없어서 집이 조용했단 말이야. 결국 산책하러 갔어. 정신을 살짝 놨던 것 같아. 그리고 집에 돌아와서 쓴 게 방금 창밖으로 던져버린 그거야."

그는 다시 발랄해졌다. "뭐, 사실 나쁘진 않았어. 그렇게 바보 같은 글을 썼더니 마음이 일렁거려서 이렇게 다른 걸 쓸 수 있게 됐거든. 먼저 보여준 진짜 글

말이야. 시카고 얘기."

그러고 나는 집으로 가 침대에 들었다. 그날 그렇게 희한하게 조우한 또 하나의 글은 좋든 나쁘든 때로는 산문으로, 때로는 마음을 휘젓는 다채로운 노래로 크고 작은 도시에 사는 사람들의 삶을 진정으로 보여주는 부류였다. 샌드버그* 선생이나 매스터스✤ 선생이 무더운 밤에 시카고 웨스트콩그레스로 같은 곳에서 산책을 마치고 쓸 수도 있었을 법한 부류였다.

내가 읽은 에드의 글에서 중심이 된 소재는 상한 우유가 반쯤 든 채 창턱에서 흐릿한 달빛을 받는 우유병이었다. 그 8월의 저녁에는 원래 달이 떠 있었다. 신월, 하늘에 초승달 모양으로 가느다랗게 남은 그 황금빛 자국. 광고 문안을 쓰는 내 친구에게 일어난 일은 이런 것이었다. 나는 그와 대화한 뒤 잠 못 이루며 침대에 누운 채로 전부 이해했다.

광고 문안 작성자나 신문 기자라면 누구나 다른 글을 쓰고 싶어 한다는 게 사실인지 나로선 알 길이 없지만, 에드가 그런 건 확실했다. 더웠던 밤보다 앞선

* 미국 시인 칼 샌드버그.
✤ 미국 시인 에드거 리 매스터스.

8월의 그 하루는 에드로서는 넘기기 힘든 날이었다. 그가 온종일 바란 건 조용한 다세대 주택의 자기 집에서 문학 작품을 만들어내는 것이었지, 사무실에 앉아 광고 문안을 쓰는 게 아니었다. 그런데 하루 일을 다 마쳤다고 생각한 늦은 오후에, 광고 문안 작성자들의 관리자가 오더니 에드에게 잡지에 실을 연유 지면 광고를 작성하라는 지시를 내렸다. "기똥찬 걸 빠르게 뽑아내기만 하면 이번에 새로운 거래를 틀 수 있어. 오늘처럼 더럽게 더운 날 이런 일을 들이민 건 미안하게 생각해, 에드. 하지만 워낙에 급해서 말이야. 품고 있던 기운을 이럴 때 뿜어봐. 핵심에 집중해서 뭔가 색다르고 신선한 거 하나 뽑고 퇴근하도록 해."

에드는 애썼다. 그 아름다운 도시, 평원의 빛나는 도시 생각을 접어두고 바로 일에 착수했다. 우유를 생각했다. 꼬마들, 미래의 시카고인을 위한 우유, 광고 글쟁이들의 아침 커피에 넣을 약간의 크림을 만들 우유, 형제자매 같은 시카고 사람들의 몸을 팔팔하고 튼튼하게 해줄 신선하고 맛있는 우유. 에드가 정말 원한 건 길쭉한 잔에 나오고 짜릿하게 쏘는 시원한 음료였지만, 그는 우유 한 잔을 원한다는 생각을 스스로에게 주입하려 했다. 우유 생각에 자신을 내맡겼다. 농축한 노란 우유, 어릴 적 아버지가 기른 소들에게서 얻은 따끈한 우유. 에드는 머릿속에서 작은 배를 띄우고 우유 바다를 헤쳐나갔다.

그 모든 노력 끝에 에드는 독창적인 광고라고들 하는 걸 만들어냈다. 그가 배 저어 나간 우유 바다는 연유 캔으로 쌓은 산이 되었고 이 공상에서 에드는 아이디어를 얻었다. 그는 드넓게 꿀렁이는 초록 들판에 하얀 농가들이 보이는 그림을 대강 스케치했다. 소들이 초록 언덕에서 풀을 뜯었고 그림 한쪽에서는 맨발 소년이 저지종種 젖소 떼를 그 아름다운 땅에서 몰아 좁다란 길을 통해 깔때기 같은 데 들어가게 했다. 깔때기의 좁은 목 끝에는 연유 통조림이 있었다. 에드는 그림 위에 제목을 넣었다. "전원의 건강과 신선함을 휘트니웰스 연유 한 캔에 농축했습니다." 문안 작성 팀장은 탁월한 문구라고 했다.

그러고 나서 에드는 퇴근했다. 아름다운 도시에 대한 글을 얼른 시작하고 싶어서 저녁을 먹으러 나가지도 않았다. 대신 냉장고를 뒤져 차가운 고기를 찾아 샌드위치를 만들었다. 우유도 한 잔 따랐으나 상한 우유였다. "에이, 망할!" 에드는 부엌 개수대에 우유를 부어버렸다.

나중에 내게 말해줬다시피 에드는 자리에 앉아서 곧바로 진짜 글을 쓰려고 했지만 도통 몰입이 안 되었다. 사무실에서 늦게까지 일해서, 덥고 냄새나는 차로 집까지 와서, 입에 상한 우유 맛이 남아서 신경이 곤두서 있었다. 사실 에드는 감성이 예민해 아슬아슬하게 안정을 유지하는 성격인데, 그게 다 헝클어진 것이었다.

나가서 산책하며 생각을 해보려 했지만 그의 정신은 원하는 곳에 가만히 있지 않았다. 에드는 어느덧 마흔을 바라보는 남자였으나 그날 밤 그의 정신은 도시에서 보낸 청춘 때로 다시 달려갔다. 그리고 그곳에 머물렀다. 시카고에서 성인이 된 다른 남자아이들과 마찬가지로 에드는 초원 마을 변두리 농장에서 그 도시로 왔다. 그런 마을과 농장 출신 소년들이 다 그렇듯 어렴풋한 꿈에 부풀어서 왔다.

그가 시카고에서 무엇을 하고 또 무엇이 되기를 갈구했던가! 무엇을 했을지는 여러분도 상상할 수 있으리라. 일단 결혼해서 노스사이드에 있는 다세대 주택에 살았다. 청년 시절 이후 훌쩍 지나가버린 열두 해 인가 열다섯 해 동안의 인생을 생생하게 그리려면 소설을 써야겠지만 그건 내 목적이 아니다.

아무튼, 에드는 산책에서 돌아와 자기 방에 있었고, 방은 덥고 조용해 자신의 걸작 집필에 집중할 수 없었다. 아내와 자식들이 없으니 집이 얼마나 고요하던지! 에드의 정신은 도시에서 보낸 자신의 젊은 시절이라는 주제에 머물렀다.

에드는 그 8월 저녁에 그랬던 것처럼 산책하러 나갔던 청춘의 어느 밤을 떠올렸다. 아내와 자식들이 있다는 현실로 인생이 꼬여 있지 않고 자기 방에서 혼자 살 때였다. 그러나 그때도 뭔가가 신경에 거슬렸다. 오래전 그 저녁 자기 방에서 조바심이 난 그는 산책하러 밖으로 나갔다. 때는 여름이었고 우선 배들이 하역 중인 강가를 따라갔다가 아가씨와 사내 들이 거닐어 북적거리는 공원으로 갔다.

그는 문득 대담해져 공원 벤치에 홀로 앉아 있던 한 여자에게 말을 붙였다. 여자는 에드가 자기 옆에 앉도록 내버려두었고, 날은 어둡고 여자는 말이 없었기에 에드가 대화를 시작했다. 그는 밤이라 감성에

젖어 있었다. "인간이란 게 참 이해하기 어려운 존재죠. 나도 누군가에게 가까이 다가갈 수 있으면 좋겠어요." "아, 계속해봐요! 무슨 수작이래요? 누굴 속여먹으려는 건 아니겠죠?" 여자가 쏘아붙였다.

에드는 벌떡 일어나 자리를 피했다. 건물들이 늘어서 있는 캄캄하고 적막하고 긴 거리로 들어가 걸음을 멈추고 주위를 둘러봤다. 이 다세대 주택에 강렬한 인생을 열심히 사는 사람들이, 원대한 꿈을 품은 사람들이, 장대한 모험을 해낼 수 있는 사람들이 있다고 믿는 것이 그의 바람이었다. '이 사람들을 나랑 갈라놓는 건 벽돌로 쌓은 벽뿐이야.' 그날 밤 그는 속으로 생각했다.

우유병이라는 주제에 에드가 처음 사로잡힌 것이 그때였다. 그는 골목으로 들어가 그 다세대 주택 건물들의 뒷면을 보았다. 그날 저녁에도 달이 떠 있었다. 절반만 찬 채 창턱에 늘어선 병들의 기다란 행렬 위로 달빛이 내려앉았다.

내면에서 뭔가가 살짝 울렁거린 에드는 급히 골목을 빠져나와 거리로 들어섰다. 한 남자와 한 여자가 그를 지나쳐서 한 건물 입구 앞에 멈춰 섰다. 두 사람이 연인일 수도 있겠다고 생각하며 에드는 다른 건물 입구에 몸을 숨기고 그들의 대화를 들어보려 했다.

두 사람은 알고 보니 남편과 아내였고 다투는 중이었다. 에드 귀에 여자의 목소리가 들어왔다. "이리 들어와봐. 어디서 나를 속이려고 그래. 말로는 산책이나 하고 싶었다고 하지만 내가 당신을 모르냐고. 어디 나가서 돈을 펑펑 써버리고 싶은 거잖아. 내가 궁금한 건, 왜 나한테는 그렇게 헐렁하게 굴지 않냐는 거야."

이것이 청년 시절 저녁에 도시를 산책하러 갔다가 에드가 겪은 일의 사연이다. 마흔 줄 남자가 된 그가 아름다운 도시를 꿈꾸고 생각하고 싶어 집을 나섰을 때도 거의 같은 일이 다시 일어났다. 연유 광고 문안을 쓰고 냉장고에서 꺼낸 상한 우유 맛을 봐서 기분에 무슨 영향이 갔는지도 모르겠다. 아무튼, 우유병은 노래의 후렴처럼 그의 뇌리에 박혔다. 우유병들이 온 거리 건물의 창가란 창가에 죄다 올라앉아서 그를 조롱하는 것만 같았다. 사람들을 보려고 몸을 돌렸을 때는 웨스트사이드와 노스웨스트사이드에서 공원과 호수로 가는 인파를 맞닥뜨렸다. 작은 무리마다 손에 우유

병을 쥔 여자가 맨 앞에서 걷고 있었다.

그렇게 해서 8월의 그날 밤 에드는 화나고 심란한 채 집에 갔고 홧김에 자신의 도시를 글로 썼다. 나와 같은 건물에 사는 벌레스크 배우들처럼 그도 뭔가를 때려 부수고 싶었고, 마침 머릿속에 우유병이 있었으므로 우유병을 때려 부수고 싶었다. '우유병 목을 잡으면 되겠네. 손에 딱 들어오잖아. 그런 걸 쓰면 나도 누구 하나 죽일 수 있을 거야.' 그의 생각은 절박했다.

그러니까 내가 읽었던 대여섯 장짜리 글을 에드는 이런 심정으로 썼고 그랬더니 기분이 나아졌다. 그런 뒤에는 모험심 강하고 용감한 사람들이 밤하늘에 내던진 그 유령 같은 건물들에 대해, 황금 길을 타고 흘러 끝 간 데 없는 서부에 이르는 강에 대해 썼다.

여러분이 이미 결론냈다시피 에드가 자기 걸작에서 묘사한 도시에는 생기가 없었다. 그러나 우유병에 관해 쓴 글에서 괴짜스럽게 표현한 도시는 잊을 수가 없었다. 살짝 섬뜩했지만 그건 그런 글이었다. 에드가 화가 나 있었는데도, 아니, 어쩌면 화가 났기 때문에 거기에는 노래하듯 사랑스러운 느낌이 깃들었다. 뭐라고 휘갈겨놓은 그 종이 몇 장에서 기적이 행해졌다.

그 종이들을 진작 주머니에 넣지 않은 내가 어리석었다. 그날 저녁 에드네 집에서 내려와 어두운 골목을 뒤지긴 했지만, 종이들은 윗집들 뒷문과 이어지는 계단 발치에 길게 줄지어 선 양철 쓰레기통 위로 비어져 나온 폐품들의 바다에서 사라져버린 뒤였다.

해설

평범한 삶 속에 숨겨진
특별한 이야기들

　셔우드 앤더슨(Sherwood Anderson, 1876~1941년)은 미국 현대 단편소설의 초석을 다진 작가로 평가된다. 그는 평범한 사람들의 일상 속에 숨겨진 복잡한 감정과 내면의 갈등을 섬세하게 그려내며 독자들에게 깊은 공감을 불러일으켰다. 프로이트적 심리 분석과 절제된 언어를 통해 인간의 내면을 탐구한 그의 작품들은 미국 문학사에서 독창적인 위치를 차지한다.

　이 책에 실린 여러 작품들을 통해서도 알 수 있듯, 앤더슨은 20세기 초 자연주의적 흐름이 주류였던 미국 문단에서 복잡한 플롯이나 사회 비판을 전면에 내세우기보다는 소박한 소도시의 평범한 사람들의 내면에 집중했다. 한 평론가의 말처럼, "앤더슨은 플롯과 액션보다는 단순하고 정확하며 감상적이지 않은 문체를 통해, 중서부 소도시의 협소한 세계관과 자기 한계에 갇힌 인물들의 좌절감, 외로움, 그리움을 탁월하게 그려냈다."[1] 그의 이러한 서사 방식은 이후 헤밍웨이, 피츠제럴드, 포크너 같은 거장들에게도 큰 영향을 미쳤다.

앤더슨의 삶 또한 그의 작품 세계와 깊이 연결되어 있다. 1876년 오하이오주 캠던의 작은 마을에서 가난한 마구상의 아들로 태어난 그는 14세부터 다양한 직업을 전전하며 정규 교육을 제대로 받지 못했다. 하지만 폭넓은 독서를 통해 문학의 세계에 입문했고, 훗날 다채로운 인생 경험을 바탕으로 생생한 인물과 이야기를 만들어낼 수 있었다. 30대에는 사업가로 성공했지만 과중한 업무로 신경쇠약을 겪은 후, 40세에 본격적인 작가의 길로 들어섰다. 대표작으로 꼽히는 『와인즈버그, 오하이오 *Winesburg, Ohio*』(1919년)는 산업화에서 밀려난 중서부 소도시를 지배하는 물질주의와 청교도주의 전통 속에서 다양한 인물들이 겪는

---

[1] Daniel Mark Fogel, "Sherwood Anderson," *The American Novel*, PBS, 2007.

고독과 소외의 문제를 새로운 형식으로 다룸으로써 비평가들의 주목을 받았다.

이번에 소개되는 단편집 『나는 바보다』에는 앤더슨의 세 단편집 『달걀의 승리 *The Triumph of the Egg*』(1921년), 『말과 인간 *Horses and Men*』(1923년), 그리고 『숲속의 죽음과 다른 이야기들 *Death in the Woods and Other Stories*』(1933년)에서 엄선된 12편의 작품이 담겨 있다. 이 이야기들은 일상적이고 사소해 보이는 사건들을 통해 평범한 사람들의 슬픔, 분노, 좌절을 섬세하게 그려내며 독자들에게 깊은 공감을 선사한다.

첫 번째 작품인 「숲속의 죽음」은 한 노파의 고독한 삶과 죽음을 통해 생명의 순환과 인간 존재의 본질을 탐구한다. 어린 시절 목격한 노파의 죽음을 성인이 된 화자가 회상하며, 그는 당시에는 이해하지 못했던 삶의 의미를 재발견한다. 노파는 평생을 가축과 가족을 먹이는 일에 헌신했고, 죽음마저도 개들을 먹이기 위한 순환의 고리로 이어진다. 차가운 겨울 숲속의 고독한 죽음과 먹이를 찾아 시신 주위를 빙빙 도는 개들의 모습은 인간 존재의 근원적 고독과 자연의 순환적 질서를 상징한다. 앤더슨은 사회적 냉대와 희생으로 점철된 노파의 삶과 죽음을 통해 인간 존재의 보이지 않는 연대와 평범함 속에 숨은 숭고함을 포착해낸다.

「달걀」은 미국의 성공 신화에 대한 집착과 실패를 유머러스하면서도 쓸쓸하게 풀어낸 작품이다. 평범했던 아버지가 성공에 대한 야망에 사로잡혀 양계장과 식당 사업에 뛰어들지만, 달걀로 재주를 부리려다 실패하면서 좌절하는 모습은 성공을 향한 맹목적 추구의 부질없음을 드러낸다. 달걀은 이 작품에서 희망과 가능성을 상징하지만, 동시에 인간의 무력함과 깨지기 쉬운 꿈을 상징한다. 앤더슨은 1인칭 화자의 회고를 통해 가족의 실패와 좌절을 담담하면서도 비극적으로 그려내며, 유머와 슬픔이 교차하는 독특한 톤을 만들어낸다.

표제작인 「나는 바보다」는 젊은 남성이 자신의 허영심과 어리석음 때문에 사랑을 놓치는 이야기를 담고 있다. 1인칭 서술을 통해 화자의 내적 갈등과 후회의 감정을 생생하게 전달하며, 간결하면서도 솔직한 문체로 독자의 공감을 이끌어낸다. 누구나 젊은 시절 한 번쯤은 저질렀을 법한 실수와 그로 인한 쓸쓸한 후회를 떠올리게 하는 이 작품은 앤더슨이 왜 '평범한 사람들의 작가'로 불리는지를 잘 보여준다.

「슬픈 나팔수들」은 독립을 꿈꾸는 젊은 청년과 삶의 끝자락에 선 늙은 코넷 연주자의 이야기를 통해 성장과 고독, 그리고 성숙의 의미를 탐색한다. 윌은 어머니의 죽음과 가족의 해체 속에서 불안과 책임감을 안고 새로운 삶을 찾아 길을 떠난다. 반면, 기차에서 우연히 만난 노인은 자신의 과거 선택과 현재의 고독 속에서 후회와 상실감을 드러낸다. 두 인물은 서로 다른 세대에 속해 있지만, 그들의 이야기는 묘하게 맞물리며, 성숙이라는 과정이 단순히 나이를 먹는 것이 아니라 고독과 책임을 받아들이고 자신의 길을 찾아가는 여정임을 보여준다.

「어느 현대인의 승리: 변호사 불러줘요」는 현대 사회의 위선과 물질만능주의를 재치 있게 풍자한다. 서른두 살의 주인공은 자신을 현대적 예술가로 포장하며, 한 번도 만난 적 없는 고모의 유산을 노리고 과장된 감정의 편지를 쓴다. 작가는 1인칭 시점의 솔직한 서술을 통해 주인공의 위선적이고 기회주의적인 면모를 드러내면서도, 그의 어설픈 허세와 내면의 불안을 유머러스하게 그려낸다. 결말에서 고모가 "딱한 청년"이라며 유산을 남기기로 결정하는 장면은 진정성 없는 감정의 과잉이 오히려 성공을 가져오는 현대 사회의 아이러니를 날카롭게 보여준다.

「그런 교양」은 유럽 문화를 동경하는 미국인들의 허영과 속물근성을 풍자적으로 그린 작품이다. 주인공과 주변 인물들은 유럽에서 교양과 문화를 쌓으려 하지만, 그들의 행동은 진정성과는 거리가 멀고 허세와 공허함으로 가득 차 있다. 롱먼 부부의 과장된 삶이나 메이블의 교양에 대한 갈망은 모두 외형적 이미지를 쫓는 데 그친다. 앤더슨은 유머와 아이러니를 통해 이들의 허영 속에 숨겨진 인간적 연약함을 드러내며, 자기기만과 피상적 교양이 가져오는 문화적 혼란을 비판한다.

「그 여자 저기 있네, 목욕 중이야」는 아내의 불륜을 의심하게 된 한 남자의 내적 독백을 통해 인간의 심리적 연약함과 자기파괴적 망상을 유머러스하게 풀어낸 작품이다. 사소한 사건을 계기로 아내를 의심하기 시작한 주인공은 점점 자신의 상상에 빠져들며 고립된다. 그리고 탐정을 고용하면서 모순된 감정과 혼란

속에서 스스로를 더욱 불안정하게 몰아간다. 앤더슨은 반복적이고 단편적인 서술을 통해 주인공의 강박적 사고와 불안을 생생하게 묘사하며, 독자를 그의 혼란스러운 내면으로 끌어들인다.

「씨앗」은 인간 내면에 자리한 욕망과 갈등, 그리고 억압된 감정이 만들어내는 그로테스크한 풍경을 깊이 있게 탐구한다. 정신분석 의사와 화자의 대화는 자유를 갈망하면서도 사회적·내면적 억압에 갇혀 사는 인간의 모습을 잘 보여준다. 아이오와 출신 여자의 이야기는 억압적인 환경에서 벗어나고자 하는 갈망과 두려움 사이에서 갈등하는 인간의 복잡한 심리를 대변한다. 앤더슨은 이 두 이야기를 연결해 사랑과 자유를 향한 욕망이 단순히 개인적인 문제가 아니라 모든 인간이 공유하는 보편적 갈등임을 보여주며, 사회적 억압과 개인의 욕망 사이에서 발생하는 그로테스크한 현실을 효과적으로 드러낸다.

「어느 낯선 동네에서」는 낯선 곳으로의 여행을 통해 삶의 무더짐에서 벗어나려는 한 대학교수의 내면을 섬세하게 그려낸 작품이다. 주인공은 익숙한 일상과 관계 속에서 삶의 의미를 잃어가고, 과거 한 여학생의 죽음 이후 죄책감과 공허함에 시달린다. 그는 낯선 마을에서 마주치는 풍경과 사람들을 통해 삶의 활력을 느끼고, 그들의 삶을 상상하며 자신의 존재를 다시 되묻는다. 낯선 곳에서의 경험은 그에게 삶의 의미를 되찾고 다시 살아갈 힘을 불어넣는 일종의 '정신적 목욕'과 같은 역할을 한다.

「형제」는 시골과 도시라는 대비적 공간 속에서 외로움과 상실감에 갇힌 인물들의 이야기를 통해 인간 존재의 본질을 탐구한다. 노인과 공장 감독관의 이야기는 서로 뒤얽히며, 인간이 타인과 연결되기를 갈망하면서도 결국 단절된 채 살아가는 모습을 상징적으로 드러낸다. 노인은 현실과 허구를 넘나드는 이야기를 통해 사회적 관계에서 오는 소속감에 대한 갈망을 드러내지만 타인과의 소통에 실패하고, 공장 감독관은 "닿을 수 없는 아름다움"에 대한 동경과 억압된 욕망으로 인해 아내를 죽이고 파멸에 이른다. 앤더슨은 안개, 나뭇잎, 빛과 어둠의 대비와 같은 시각적 이미지를 통해 인물들의 심리적 불안감과 고독을 효과적으로 드러내며, 반복과 생략을 통해 긴장감을 고조시킨다.

「전쟁」은 전쟁의 비극과 인간 영혼의 갈등을 초현실적인 방식으로 탐구하는 작품이다. 이야기 속에서 독일군 병사와 폴란드 노파는 서로의 영혼이 교환되는 기묘한 사건을 통해 전쟁의 본질적 아이러니를 드러낸다. 독일 병사는 강자의 위치에 있지만 내면적으로는 무력하고, 노파는 약자의 위치에 있으나 강렬한 의지와 저항으로 맞선다. 두 인물의 격렬한 몸싸움 뒤에 일어난 영혼의 교환은 전쟁 속에서 인간의 역할이 단순히 개인의 의지에 달린 것이 아님을 상징하며, 억압과 저항의 관계가 뒤바뀌는 순간을 아이러니컬하게 보여준다.

「우유병」은 1인칭 관찰자 시점과 세밀한 심리 묘사를 통해 무더운 시카고의 여름밤을 배경으로 창작의 본질과 예술가의 내적 갈등을 섬세하게 다룬다. 이 작품은 카피라이터인 에드를 통해 일상적 글쓰기와 예술적 창작 사이의 긴장을 보여주며, 상한 우유병이라는 반복적 모티프를 통해 도시 생활의 답답함과 예술가의 좌절을 상징적으로 표현한다. 앤더슨은 에드가 쓴 두 개의 다른 글쓰기—이상화된 도시에 대한 '걸작'과 분노에서 비롯된 '우유병 이야기'—를 대비시켜 진정한 예술이란 현실의 고통과 좌절을 있는 그대로 받아들이고 이를 창조적으로 승화시키는 데서 비롯됨을 암시한다.

이상 간단하게 살펴본 것처럼, 『나는 바보다』에 실린 12편의 단편들은 모두 앤더슨 특유의 섬세한 관찰력과 삶과 인간에 대한 깊은 이해를 보여준다. 그의 작품은 마치 오래된 흑백 사진처럼 소박하고 담담한 분위기를 풍기지만, 그 안에는 시대를 초월하는 보편적인 인간의 모습이 고스란히 담겨 있다. 21세기를 살아가는 현대 독자들에게는 자동차 대신 말이 등장하고, 스마트폰 대신 편지가 오가는 작품의 배경이 다소 낯설게 느껴질 수도 있다. 그러나 평범한 사람들이 겪는 삶의 희로애락과 서글픈 내면의 이야기는 이 작품들이 쓰인 지 100년이 지난 지금도 여전히 많은 이들의 공감을 불러일으킨다.

『나는 바보다』는 앤더슨의 문학적 매력을 한국 독자들에게 소개하기 위해 기획된 책으로, 그의 작품 세계를 새롭게 접할 수 있는 소중한 기회를 제공한다. 한 편씩 천천히 읽으며 앤더슨이 그려낸 '평범한 사람들'의 내면 세계로 발을 들여보자. 그 속에서 뜻밖에 우리 자신의 모습을 발견하며 따뜻한 위로와 공감을 얻을 수 있을 것이다.

                                                  김선옥

옮긴이　　박희원
연세대학교 생활디자인학과와 언론홍보영상학부에서 공부하고 제품개발 MD로 근무했다. 이야기를 만지며 살고 싶어 번역 세계에 뛰어들었다. 글밥아카데미 출판번역 과정을 수료하고 바른번역 소속 번역가로 활동하고 있다. 옮긴 책으로 『바이닐』『에이스』『무법의 바다』『여자만의 책장』『사물의 표면 아래』『아케이드 게임 타이포그래피』가 있다.

해설　　김선옥
서울대학교 영어영문학과와 동 대학원을 졸업했다. 현재 원광대학교 영어교육과 교수로 현대 영미 문학을 연구하고 강의하고 있다.

나는 바보다

1판 1쇄 발행　　2025년 7월 30일

지은이　　셔우드 앤더슨
옮긴이　　박희원
펴낸이　　김찬

펴낸곳　　도서출판 아고라
출판등록　　제2012-000002호(2006년 1월 17일)
주소　　경기도 고양시 일산동구 정발산로 15 415호
전화　　031-948-0510
팩스　　031-8007-0771
전자우편　　bookeditor@daum.net

ⓒ아고라, 2025

ISBN 978-89-92055-82-6　03840